青春阅读　幸得相见

有爱的青春陪伴者

彩虹行星

桥回 著

浙江工商大学出版社
ZHEJIANG GONGSHANG UNIVERSITY PRESS

桥回

小 花 阅 读 签 约 作 者

不善言谈，脑洞极大。

处女座男生，心思深但是度量大。嗯，这是表扬。

作者这个身份是人生第一份职业，

也很希望这是我会坚持一辈子的职业。

作者前言 /ZUOZHEQIANYAN

我们大多数人的青春都是简单且平淡，每天在学校和家之间往返，从周一开始就掰着手指算着周五的结束，也总是感慨周末过得太快。

我记得中学的时候，每天也是在几个连续的闹钟声中艰难地从被窝里爬起来，穿衣、洗漱、吃早餐，然后才匆忙地坐公交车往学校里赶，所以总是踩点迟到，从初中被罚跑圈到高中被罚站一整天，已经司空见惯，不以为意了。

上课也总是坚持不到四十五分钟就开始走神，犯困、打盹儿、睡觉，这都是不可避免的，熬完一整天才盼到放学，又要挤公交车回家。

我们把学校比作围城，外面的人想要进去，里面的人想要出去。以前总是信誓旦旦地说将来一定不会想重回学生时代，现在离开了学校后，想想还是愿意重新来过一次，一是重温，看看那个时候喜欢的人现在还会再喜欢吗；二是发现好像在课堂上趴课桌上睡觉真的要比在任何一个地方睡觉都让人觉得舒适。

你们有没有因为喜欢一个人，而变得更加优秀？我身边就有个这样的例子。

高中时候，一个男生喜欢一个女生，女生成绩很好，男生成绩不是很理想，然后他们莫名其妙在一起了，在两人共同努力奋斗下，结果男生考进了重点一本大学，而女生却发挥失常进入一所不理想的二本大学。

还有一个例子，是我两个初中同班很要好的同学，不过高中我们不在一个学校了，他俩还在一个学校。那女生后来和我聊天才告诉我，她因为那个男生也选了理科，然后他们也继续待在了一个班里，不过她让我替她保密，所以那个男生可能至今都不知道这女生那么久一直喜欢他。

我想以后大家再见，可能这些曾经的秘密和过往都会被轻松地说出来，来证明我们的青春。

桥回

目录

目录

楔子

(1)

很多年以后，当我习惯了一个人在另一个城市的生活，习惯了在下班后一个人坐在酒馆靠窗子的那个熟悉的位置，喝下一杯酒后，我会不经意间想起过去，想起那个地方，还有相识于那个地方的他们。

我没想到我最终还是离开了那个地方，那个我曾经认为是宫崎骏笔下的世界，是我自愿被囚困一辈子的城池。或许是因为有太多美好的记忆无法延续，又或许是因为那些我不敢再触碰的伤痛，总之那些年、那些人都再也回不去了。

那天天气很冷，我裹得很严实，照常出现在每日必去的酒馆，酒馆的服务生对我熟悉得像是相识甚早的老朋友，她可以大呼我的名字：“盛柏孝，你今天要不要换个花样吃呢？”

我吐出两个字：“照旧。”

于是，她百般不理解地问我：“你天天这么吃不腻啊？”

我摇摇头，微笑下，什么都不说。

当我仰头喝下一口酒，咧嘴呵出一口气后，我注意到视线里走进一个人来，然后她在不远处坐下。

我几乎不敢确定是不是这个女人和我想到的那个人长得太像，还是这一杯酒让我产生了视觉上的偏差，但我还是仔细辨认了一番。然后我放下酒杯，迅速整理了下衣服和脖颈上扯开的领带，再然后鼓足勇气朝那个女人走了过去，就像当年走向某个陌生女同学那样，开口或许会是一句庸俗的“我们好像在哪儿见过”，接着表现出一脸思考状。

我想走过去后或许是认错了人，那女人会认为我是故意搭讪，而坐在周围的顾客们也会张着嘴巴看笑话，又或者那女人的男友会忽然从某个地方跳出来，凶巴巴地瞪着眼睛问我想做什么。而我还来不及解释，他就顺势给我脸上来了一拳。

但事实上当我慢慢靠近时，那女人似乎有所意识，于是仰起头来看我，和我四目相对，半刻后她伸出一只手指着我，努力回想后叫道："盛……盛柏孝？"

我立即点了下头，脸上露出笑来，很确定且熟悉地叫出了她的名字："何夏秋。"

"你怎么会在这儿？"

我们几乎同时问了这个问题。

接下来果然走过来了一个男人，他满脸疑惑地看着我们两个。

何夏秋立刻站了起来，挽着那男人的胳膊，微笑着给我介绍："这是我男朋友，张尧。"

然后她也把我介绍给那个男人："他是我的高中同学，盛柏孝。"

张尧立刻诚恳地伸出右手来和我握手。

何夏秋拉我和他们坐在一起吃晚餐，张尧也热情地邀我坐下，我点了点头，也实在没能拒绝。

那服务生送菜过来时，开口无意地调侃了句："呀，盛柏孝，没想到你还有朋友啊？"

这句话让我略微有些难堪，我只能傻笑。

张尧是个斯文的男人，戴着副眼镜，看上去温和稳重，话也不多，偶尔说一两句，更多时候都是在给何夏秋夹菜倒水，把她宠得像个公主。

我们东拉西扯，但谁都没提到高中时候，只是她不经意间问我："许念呢？"

我似乎对这个问题早有心理准备，自然地摇了摇头，说："很久都没有联系了。"

她"嗯"了一声，并没有继续多问。

我有一瞬间很想问她，那次从学校离开后，她去了哪儿，又都发生了什么。但她身旁的男人令我只能把这些问题咽进肚子里，替她隐藏起来，我想或许她也不想回答这几个问题吧。

酒足饭饱，在张尧积极买单的时候，何夏秋又问我："沈士生呢，你和他应该还一直保持着联系吧？"

我愣住了，僵持几秒后，才缓缓点了点头，然后注意到何夏秋脸上露出笑容，她也没有继续再问什么。

何夏秋给我留下她的联系方式，说很快她就要结婚了，希望我能去参加她的婚礼，我答应了。

走出酒馆，冷风吹得我瑟瑟发抖，我不得不把自己裹得更紧，本该如往常那样立刻打车回家，但我却忽然想去马路对面的江边走走，吹吹刺骨的冷风。

沈士生呢？他在哪儿？

我的心头不自觉地漫上这两个问题来，此刻这两个大大的问号，让我忽然格外想念他——

沈士生。

（2）

初三毕业那年暑假的某个傍晚，天气热得出奇，在家里匆匆扒拉了几口饭，我便约着沈士生出来压马路。我们脚踩着小镇的青石路，嘴上正对一部去年上映的电影《2012》展开激烈的讨论。

我说 2012 年就是世界末日，我们为什么不在最后的两年时间里好好玩耍，乐观地迎接世界末日的到来。但沈士生给我列举了一堆科学道理，给我讲两年后世界末日一说根本不可信。

我听不懂他那些所谓的科学依据，于是我打断他，继续费尽心思地给他讲述玛雅文明的预言，就在这时，一个力道十足的巴掌盖在了我的肩膀上，压得我身子不由得偏了偏。

这谁啊这是？

我恼怒地准备吼过去，一回头，一张带着讨好笑意满是褶子的老脸赫然出现在我的眼前，吓得我往后退了一大步。

下一秒，我下意识地捂住自己仅装了几块钱的口袋，然后颤抖着声音亲切地对那糟老头子说：“老爷爷，你要干吗？”

老头子笑得和蔼可亲：“别怕，别怕。”

我这才认了出来，这老头子就是那个旁人口中的算命先生，据说他摆摊好几年了，就靠这个吃饭，看来实在是没什么生意，才主动上街拉客。

这老头子非要缠着我给我算一卦。我从没算过，也心生好奇，还真想见识见识老头子有何本领，敢在身旁插一旗子，上面写着某半仙。之所以说某，主要是那时候我实在是认不出那个字念什么。

我亦步亦趋地跟着老头子来到他的摊位上。

我蹲在老头子面前，真可气，顾客都没一张椅子可以坐，沈士生叉着腰站在我身后。

我先问老头子道：“2012 年是世界末日吗？”

他轻皱着眉头摇了摇头。

我不知道他的意思是不知道，还是不是。

那老头子先是盯着我的脸一顿乱看，看得我有些不好意思，耳根都开始发热，又叫我伸左手，扳着我的手看了半天，还在我掌纹上划来划去，划得我手心一阵瘙痒，然后又叫我伸右手，我真怀疑他把我当成了一只正在驯化的小狗。

最后他看着我的眼睛，若有所思。我看着他的眼睛，虔诚地等着聆听他的说法。

然后他思来想去半天说道：“小伙子命硬，活得久。”

我一阵窃喜。

他又补充道：“但心也硬，一条路走到黑……”

他的话戛然而止，没有说完，这让我很不爽，实在搞不懂一条路走到黑是什么意思，黑的尽头是什么，我茫然地思考着他的话。我知道他在偷偷地观察我，如果我继续追问他，他肯定说天机不可泄露；如果我非要问个清楚，他就会搓着手指问我收点儿天机泄露费，我悻悻撇了下嘴，站了起来。

然后他紧盯着我，好像我欠了他钱似的，我不再看着他，问沈士生要不要也看看，沈士生摇了摇头，说自己可不信这种歪门邪道的东西。

就在我准备转身走的时候，沈士生居然还是像我刚才那样蹲在了老头子面前，被看面相，伸左右手，就差再吐个舌头，整个过程傻得要死，我在后面看得想笑，要知道刚才这么蠢，打死我都不蹲下去。

看了半晌后，老头子却面露难色，似乎有什么难言之隐，嘴巴一张一合的，半天没有说出一个字来。

我猜想他这样做是为了勾起我们强烈的好奇心，然后我们才会乐意花钱听他那些破言论。我庆幸我聪明地识破了他的小儿科诡计，于是我有些不耐烦，也不想继续看老头子装神弄鬼搞什么花样。我在后面轻拍了下沈士生的肩膀，他回头看我，我使了个眼色，当即转身就跑，沈士生跳起来，紧跟在后。

我和沈士生各自叼着个冰激凌躺在草坪上看星星，奶油融化得太快，顺着我的嘴角流了一脖子，我抹了抹脖子翻身坐起来，沈士生还继续躺着，吃得矜持优雅。

我问沈士生："你说，一条路走到黑是啥意思？"我仰着头，寻找天上最亮的一颗星星。

沈士生也在看夜空，大概是在寻找最不亮的那颗，许久没有回答我。

我又问了一遍："一条路走到黑是啥意思？"声音抬高了好几个分贝。

沈士生这才回答道："注孤生。"

"嗯？"我疑惑。

"注定孤独一生。"

沈士生说话总是让人费解，我可是有过初恋的人，怎么可能孤独一生？我把吃完剩下的木棍舔得干干净净，扔到了他身上，他没有发现，我又躺到了草坪上，继续寻找最亮的那一颗星星。

“你刚才为什么要跑？”沈士生问我。

“再不跑那老头子就要赖着我们收费了，我可没钱。”

“嗯。”

“你想听那糟老头子胡说八道？”我问。

“无所谓。”沈士生平静地说道。

“不听才好，害得我现在还想不通黑的尽头是什么。”我边说着边找到了最亮的那颗星星，在夜空中熠熠生辉。

沈士生没有说话。

“幼儿园、小学、初中，我们都在一个学校一个班，没想到高中我们还是一个学校，你怎么像我的影子一样，甩都甩不掉？”我感慨着。

沈士生笑了笑。

“你说大学我们不会还在一个学校吧？”我问道。

“不知道。”

“可千万别在一个学校了，不然我就去死。”说完，我嘻嘻地笑了下。我怎么可能会去死，我还要结婚生子抱孙子呢。

“如果以后还能在一个学校，我倒是不介意，不过你得努力学习了。”沈士生闭上了眼睛，享受夏季夜晚惬意的微风。

我鄙弃沈士生说的努力学习，我可是聪明得可怕，在初三最后几个月里，只稍稍努力就考到了我们这个地方最好的高中——和光高中，要知道沈士生可是用了三年的时间才和我考进了同一所高中，他有什么可骄傲的，可笑。

不过沈士生似乎很早就想好了他将来要考取哪个大学和学哪个专业，我呢，压根儿没想过，走一步看一步吧。

如果到时候在一个大学，那么我就要给沈士生介绍个女朋友，不然他只会学习，谈恋爱的基本技能都不会。我还真是善良，为了别人忘了自己。

嗯……等不到大学了，高中我就要给他介绍女朋友，也要给自己找个“小媳妇儿”。

2010 年的时候，你们在哪儿，都在干什么?

那一年好像发生了很多事。

你有没有过这样的经历，当你在做一件事情的时候，突然觉得这个情景好熟悉，像在不久前梦到过一样。

这些年，仿佛也是一场梦。

第一章

许念，我对你一见钟情

我生活的这个地方美好得让我不知道如何用语言来跟别人形容，直到我看了几部宫崎骏的动画作品，我才会问对方：你看过宫崎骏的动画吗？对方回答说看过，我就说，我生活过的那个地方就是动画中呈现出的那般美好；对方回答说没看过，我就说，那你去看吧，看了你就知道我是在多么美好的环境中长大的了。

那样宁静祥和的小镇生活似乎挑不出来一点儿不好，我甚至想过，一辈子都待在这个地方，永远也不要离开。

但那年，我晋升成一名高中生，正式开学之前，我们身为重点高中和光高中的学生也乖乖地应教育体制改革号召开展了开学第一课——军训。

于是我终于为我的小镇生活找出了不完美的时刻，不，应该是时间段——一周。

小镇的阳光在八月中下旬难得还这么炙烈，太阳当空照，花儿……唉，大概已经被晒枯萎了腰。

这正印证了我很久前就听到过的那句话——你若军训，便是晴天！

我抬头眯着眼睛直视太阳，希望它能够给我一个客观合理的解释：为什么你那么烫，还要把光和热传递到我的身上？但它似乎只会笑，笑得像阳光一样灿烂和炽烈。

我对它的沉默不语表示无话可说，帽檐下的额头渗出一滴汗流进了我的眼睛，我仰着头眨巴着大眼睛。

走过来的教官温柔地踢了我一脚，用粗犷的声音在我耳边吼道："看什么呢？天上有什么好看的？"

"没没没……没有。"我脑袋摇晃得像拨浪鼓似的，然后绷直身子，继续站着标准的军姿。

可恶，敢踢我吼我的人还真没几个，那个我只能称之为教官的人已经踢了我好几脚了。我希望他能记住我这张古天乐般相貌平平无奇的脸，数年后，我要是去找他算账，他可不要倚老卖老给我装糊涂。

我余光瞥了下站在我左边的沈士生，他站得可真笔直，我想要是有个站军姿比赛，他肯定能拿奖，而我可以替他分享他并不在乎的奖品。

我一直斜眼用余光观察了沈士生好几分钟，他果真是一动不动，仿佛是被冻成了个肉身的兵马俑。我这时候萌生了个想法，太阳你再热情点儿，晒化沈士生这个冰桩子吧。但仔细想想，还是算了吧，我宁愿他一直冰冷下去，也不想再跟着多流一点儿汗，再晒下去我感觉自己很快就要脱水中暑了。

这时候我又注意到有一只很大很黑的蚊子落到了我的手腕上，我清楚地感受到那只蚊了的口器扎进了我细嫩的皮肤，一种难以形容的奇妙感觉在那个位置孕育着，我晃了晃胳膊，居然没能把它晃走，我又故意朝手腕处吹了几口气，它竟然还是不走。

天哪，这么热的天，你不去喝水，喝什么人血，我此刻只想把那只蚊子五花大绑，吊在一只氢气球上，送它上天去与太阳肩并肩。

奇异的瘙痒让我整个人变得暴躁不堪，于是我一怒之下豁了出去，另一只手“啪”一声就拍了过去，声音清亮得令整个沉闷无趣的训练场一下子就有了生气。

我一抬手，却不见那只蚊子七窍流血的死尸，只有被我自己扇红的手腕上迅速泛起了个又红又大的包。“有胆再来咬啊，看我不弄死你。”我在心里狂吠，暴跳如雷。

这时又有一只脚飞到了我的屁股上，我一个趔趄差点儿摔倒，还好我身姿矫健平稳地站住了。

然后我看到刚才那个教官对我怒目而视，恨不得当场把我活吞了。我义愤填膺地死死盯着他，倔强得像个不怕死的小红军。

果然他手下留情，没让我死，但我并不感谢他，因为其他人去休息了，还有冰凉的绿豆汤可以喝，而我加罚半小时军姿，我不服，这不如让我去死。

青春期的男生大概都是这个样子，总是会做出一些莫名其妙的举动来吸引女生，我不禁感慨，神奇的荷尔蒙啊！

但我此时的行为并没有吸引来任何一个女生的关注，因为不人性化的训练方案把男生和女生分开训练，所以我现在只能在一群大老爷们面前像根蜡烛似的不断地向下淌着蜡液。

沈士生这种无趣的家伙都会举着一杯刚打满的绿豆汤在远处冲我晃晃杯子，然后惬意地喝下一口，张着嘴大概说了“好喝”两个字。

我越加觉得不公平，但愿有人在那绿豆汤里放了泻药，所有喝过的人等会儿都会捂着肚子去争抢厕所，想想那沸沸扬扬的热闹画面我就忍不住笑出了声。

坐在我旁边监督我的教官端着杯绿豆汤又瞪了我一眼：“笑什

么呢？是不是想喝？”

我没有说话，也没有动，故意将身子绷得更紧了，心想着和这种人话不投机，就不必再浪费口舌了。

结果我没有想到他会说：“行了，你也去喝吧。”

我以为我听错了，不可思议地看了他一眼，他冲我摆了下头，于是我拔腿就跑，连一声感谢的话都来不及说，我都快渴死了，哪有那么多废话要说。

晚上训练结束，洗漱完毕，我们回到宿舍，准备赶紧与床板融为一体。但沈士生这种人居然用云淡风轻的语气调侃我被那几脚踢得屁滚尿流落花流水，我越想越不对劲，我明明没有屁滚尿流落花流水，于是我大声与沈士生争执，然后追赶打闹，尽显青春活力。

却不想宿舍门突然被一脚踹开，我们都惊得僵住了，我赤裸着上半身站在桌子上高举着一只手骑虎难下，气氛一度尴尬紧张。

“盛柏孝，大晚上不睡觉你站在桌子上干吗？”尽管教官声音大到把所有人都震慑住了，但我还是忍不住惊讶，没想到他居然能记住我的名字，而其他人的名字我想他根本记不住。

“我……我打蚊子。”我故意在空气中拍了下手。

“给我下来。”教官叫道。

我很听话，跳下了桌子，而下来后我才发现沈士生不知什么时候已经安稳地躺在了床上，跟个没事人一样。

“出去出去，站一个小时军姿再回来睡觉，让你闹。”

“啊？”我表示不理解。

“刚才还有谁在闹？”教官厉声道。

一阵沉默后，沈士生从床上下来了。

教官皱了皱眉，脸上露出不相信沈士生会这么做的表情。

“行，你俩都出去站着吧。”教官挥了挥手。

沈士生二话不说就走了出去。

我站在原地凌乱了，本来还想辩解一番，但是沈士生的做法让我哑口无言。

“你还愣着干什么？”

“哦哦，我找衣服。”我反应过来，立刻翻找衣服。

“穿什么衣服，这么热的天。”说着，教官把光着膀子的我无情地拽了出去。

我和沈士生挨着站在训练场上，他穿着衣服，而我裸露着上半身像个流氓。偶尔有人从面前路过，都会有意无意地往这边张望，我羞得脸简直无处可藏。

“沈士生，你说你是不是傻啊，再商量商量，可能就少站一会儿呢。”我小声嘀咕着。

沈士生没有理我，这让我很郁闷，愿意陪我罚站，却不愿意陪我聊天，真是无趣得很。

就这样我们两个站了好一阵子，百无聊赖的我视线中慢慢走进个女生，那女生朝这边看了一眼，大概是看到了什么可耻的不可描述的画面，又立刻把视线转了回去，加快了脚步。

“哎哎哎，沈士生，快看哪，有女生。”我压着嗓门兴奋地叫着。

沈士生依旧没有理我，如此无趣至极。

我忘记了羞耻，一直目送那女生走出我的视线，然后恋恋不舍地把目光停留在她消失的地方。

“你有没有看到啊，那个女生很好看啊，穿着迷彩服都这么好看。”我怀疑沈士生站着睡着了。

“但愿我不要忘记那个女生的长相，开学后我一定要找到她。”我又嘀咕道。

夜深人静，蝉鸣知了叫，在宁静的夏夜中我的上半身又被叮了好几个包，可恶，还好教官记得时间，最后放我们回去了。

我们在烈日下跟着教官的口号喊得慷慨激昂，喊得忘我，喊得忘记了头顶上的太阳到底有多炽热。

听着教官们聒噪的破锣嗓子，这让我一下子就看透了那些傻乎乎的教官的小心思，他们自认为只有把嗓子喊破了，才能在校方面前彰显出他们的敬业负责，才能换取校方输送一批又一批天真烂漫的祖国花朵过来接受他们的蹂躏和摧残。

教师们躲在树荫下，有的敷着面膜，有的挥着蒲扇，有的喝着茶，在远处对我们指手画脚，像检验阅兵似的荣耀十足，他们一定在想自己这根蜡烛可不能在太阳下被晒化了，他们要挺着腰杆站在三尺讲台之上，燃烧自己照亮学生。

有的教师叉着腰皱着眉，一副将军的派头，审视着刻苦训练的麾下，样子严肃得好像不久后我们就会追随着他一起征战其他班级，称霸校园。

我想要是我将来也坐在那个位置上，成了一名光荣的教师，我就会搓着下巴思考着我还能无私地燃烧多久，把仅剩的几十年生命奉献出去能够照亮多少无知少男少女的迷茫前路，还要用自己的星星之火暖化他们冰冷的心。这样他们就会感动，就会知道什么叫作感恩，从而更好地付出实际行动来回馈我。

阳光下我被晒得麻木，就连我顽固的思想也被晒得蒸发了。我同所有人一样机械地跟着教官的口号摆着胳膊踢着腿，我的好奇心和叛逆心最终也被消耗殆尽。但是每一刻我都在心里默默地提醒着自己，不要倒下，不要倒下，就算是累死晒死，我也要站着死，这样方显男儿气概，说不定就会被后人歌颂成一段佳话，流芳百世。

而现在我对“停止训练，自行休息”这种最令人兴奋不过的命令都毫无知觉，我的灵魂不知什么时候早就逃之夭夭了。

那个总是踢我屁股的教官朝我走过来，一脸谄媚笑着对我说：“盛柏孝，今天表现不错，午餐给你奖大鸡腿吃。”然后走开了。

我呵呵一笑，一脸不屑，开口想骂“奖你个大头鬼”，再上去给他的后脑勺儿来一巴掌。

但是我不会那么做，我是文明的少先队员，我脖子上隐形的红领巾还在随风飘扬。我也怕他转过身来给我一个“麒麟臂”，把我打到九霄云外去，不过我飞多远都没关系，就怕他的胳膊受了伤，怕他不能继续带领那些嗷嗷待哺的学员晒太阳了。

我是理智的，我假装开心地叫“真的呀”，一脸期待。

结果他止步，泛着红光的黝黑脸转了过来，扬起一个蒙娜丽莎般让人捉摸不透的微笑，就差再竖起个中指，告诉我三个字——想得美。

午餐时，教官果真把他碗里的鸡腿从后面掷到了我的面前，多么羞辱人的动作，我感觉我的尊严在被无情践踏，但我还是感激涕零，不知道说什么好。

然而下一秒我脑子里闪过几个可怕的画面，于是就把那个鸡腿径直又扔到了沈士生的碗里，因为我怀疑这是用泻药浸泡过的鸡腿，也怀疑这是掉在了地上的鸡腿，更怀疑这是沾有教官口水的鸡腿。

于是我看着沈士生头也不抬地啃下一大块鸡肉来，我先是一阵窃喜，然后又生出一股连绵不绝的悔恨，因为我想到除了我似乎没有谁会做这么缺德这么无聊的事。

不过还好，我碗里还有一个鸡腿，正当我庆幸之余，没想到一双从天而降的筷子飞速地在我眼前夺走了那个等待着我吞噬它的大鸡腿。

我抬头望去，是那个无耻的教官，那鸡腿已经碰到了他万恶的双唇，我紧皱眉头，仿佛吃了黄连般嘴里心里都苦不堪言。

“怎么了，你不是不吃鸡腿嘛！”他的声音柔和得像个委屈的小姑娘。

我眉头一舒，心情豁然开朗，点了点头：“嗯，我不吃，减肥。”

“那就对喽，奖给你的你又给了沈士生，他一个人总不能吃下三个吧。”教官冲沈士生挑了下眉。

沈士生连忙应和：“嗯，两个就够了，三个腻。”

教官笑嘻嘻的，转身屁颠屁颠地像个捡了一毛钱的小孩子一样蹦走了。

哇呀呀，我怒火攻心，恨不得现在就抱着碗冲过去，跳起来在他那得意扬扬的头顶上方来一个漂亮而又暴力的灌篮。

沈士生优雅地啃着鸡骨头，我再想从他碗里抢过另一个时，却发现那个原本完好可爱的鸡腿已经被他残忍地咬下了一大块。

不完美的东西我可不要，我傲娇，就算是断胳膊的维纳斯扔在我脚下，我也不屑一顾。

“今夜的月亮圆又大，挂在那山间放光芒。苦逼的你我还有他，一二三四六七八。”我心血来潮地躺在训练场上即兴作诗一首。

沈士生歪着脑袋瞥了我一眼，没有对我的诗做任何评价。

我猜想他已经被我的才华折服得五体投地无言以对，或者正在绞尽脑汁地思考着怎样的句子才能对得上我作的这首精妙的诗。

难得晚上不用训练，我继续悠然自得地念叨着：“平平仄，仄平平，平仄平仄平平仄，仄平仄平仄仄平……乒乒乓，乓乒乒，乒乓乒乓乒乒乓……”

希望我唐僧般用心良苦的念叨可以潜移默化地影响到沈士生，激发他的创作灵感。

这时候，教官忽然大喊：“快点儿起来，你们的福利到了。”

我听闻“福利”二字，一下子翻身坐起，转着脑袋四下张望。

“我的天！”我脱口而出，眼睛都看直了。

沈士生这才缓慢地抬头朝我的视线方向看。

“女兵啊，是女兵啊！”我咽了口唾沫，兴奋地拽着沈士生的胳膊嘶叫着。

当然这么兴奋的不止我一个，一大拨女生来袭，刚经历败北一样颓靡的训练场霎时就沸腾了起来，这就仿佛给一个血肉枯竭的百岁老人注满了十几岁孩子身上特有的鲜活而精力充沛的血液似的，那些男生俨然一群春光灿烂的老小孩儿。

只有沈士生一副淡定的模样，一看就是见过世面见过女生的人，而我看不起身后那群雄性动物浮夸的演技，有的如雄孔雀自恋狂似的开屏，有的如雄猩猩似的捶打胸部，有的假惺惺地抱在一起蹦啊跳啊，好像抱到的就是异性，看到的是光明的未来。

呸，真滑稽。

我冲到教官跟前问："这什么情况啊？"

教官把我推开，没告诉我，面露春光，羞得像个小姑娘。

我没理他，开心地站在原地摩拳擦掌，但是灯光太暗，也看得不清晰，一阵眼花缭乱后，我们被安排在原地整齐地坐了下来。

女生坐在左边，男生坐在右边，可恨，我坐在男生的最边缘，离女生最远。

我抻长脖子、屁股离地，也看不清任何女生的脸，这种近在咫尺却触不可及的窘迫让我心生焦急。

还是沈士生泰然自若，低着头专心致志地玩地上的蚂蚁。

我都要怀疑他对女生不感兴趣，不喜欢女生，那么……他喜欢……

我大吃一惊，看到了他指尖上的蚂蚁，我怔怔地猜想如果他不喜欢这种小动物，那么他不会喜欢男生吧?

想到这里，我不禁毛骨悚然，屁股一下子落到了地上。

我往外侧了侧身子，狐疑地盯着沈士生看了几秒，然后又凑过去小声问道：“嗯……你觉得女生好看，还是男生好看？”

与此同时，教官喊道：“安静了，安静了，下面我们一起玩个有趣的游戏。”

沈士生面无表情地看了我一眼，好像没有听清我问的是什么。

而我此刻只关心教官说的有趣的游戏是什么。

游戏果然有趣!

教官随意叫到几行几列，然后坐在那个位置的人就上前表演个节目，表演结束后那个人就拥有叫下一个人上来表演节目的资格。

男生叫女生，女生叫男生，几个节目过去，有的人看得乐呵呵的，鼓掌叫好，有的人看得哈欠连连，无聊到觉得女生还不如不过来。

比如我，连打几个哈欠，闭上了眼睛，靠到了沈士生的肩膀上都快要与周公对弈一盘了，而沈士生还把那只蚂蚁玩弄于股掌之间。

我想我要是那只蚂蚁，可能就不乱跑了，像齐天大圣那样在如来佛祖手上撒一泡尿，然后躺在他手心，等着他把五指山压下来。

“我叫余婧，我给大家跳一段舞蹈吧。”

哟，舞蹈，总算有个新花样了，不再是什么庸俗的翻跟斗、胸口碎大石了，我猛然睁开眼睛坐直了身子，朝前方看去。

而这时候场下一阵躁动，睡着的男生都爬了起来，目光一致地投到了那女生身上。

哎呀，果然是个美丽动人的姑娘，披肩长发，穿着如此臃肿的迷彩服都遮不住那样动人的身材。

而沈士生抬头看了几眼，又低了下去，他手上的那只蚂蚁逃脱不见了，他找了好一阵子都没找到，索性又玩起了另一只。

余婧的舞蹈跳得可真是火热，那个大概叫爵士舞吧，在没有音乐的伴奏下，依旧令很多青春期的男生血脉贲张，浮想联翩。

我问沈士生：“这样的女生你喜欢吗？”

沈士生没有回答。

我说：“我应该不喜欢。”

但我没有解释原因，大概是我的第一直觉告诉我，我不喜欢这种类型的女生。

尽管不喜欢，但我还是目不转睛地从头看到尾，看到她鞠躬，听到她喊：“下一个，四行三十八列。”

我冷冷哼了一声，嘲笑这余婧可真会叫人，四三八，而谁又坐在这个窘迫的数字上，这时前面的男生忽然扭头过来对着我一脸奸笑，说道：“真幸运，中奖了。”

我愣了愣，恍然大悟，妈呀，居然叫的是我。我一阵慌乱，不是我怕被叫到，而是我的发型有点儿邋遢，实在有点儿见不了人。

“四三八，发什么愣，赶紧上来展示才艺啊。”那教官冲我叫道。

你才是四三八，你们全家都是四三八！

我连忙抓了两下头发，心一横，谁怕谁啊，这张老脸我不要了，我要用我的歌声征服在座的所有少女的心，于是我深吸一口气，站了起来。

沈士生也被我拽了起来，站到了众人面前。

沈士生一脸茫然地看着我，似乎在说：“Why？”

而我小声地告诉他说：“你帮我和声，我唱歌有点儿跑调。”

沈士生撇了下嘴，进退两难，干脆和我并肩作战。

我想了想，要不要唱一首军歌，但我又不想一个人吼得那么费力，看起来很白痴，于是我选择了一首极富青春和恋爱气息的歌曲——周杰伦的《七里香》。

“窗外的麻雀，在电线杆上多嘴，你说这一句，很有夏天的感觉……”

我的歌声响起，大家顿时安静得好像陷入了青涩唯美的初恋海洋之中，他们享受着我悦耳的天籁之音，幻想着电视剧里美好感人的爱恋。

但我此刻发现在我旁边的沈士生居然一动不动地站着，甚至嘴都没张一下，我怀疑他都没有呼吸，于是只好硬着头皮继续一个人独唱。

“你突然对我说，七里香的名字很美，我此刻却只想亲吻你倔强的嘴……”

此句一出，场下哗然，起哄声此起彼伏，那种青春期所有的羞涩与幻想似乎都可以在心上人倔强的嘴上找到合理的答案。

而我忘情地歌唱，同时也联想到有很多少女噘着嘴巴，希望我的这首歌是唱给她一个人听的。

“我接着写，把永远爱你写进诗的结尾，你是我唯一想要的了解。”

我的歌唱完了，我深深鞠了一躬，头埋下去的那一刻，我想到了很多，想到了曾经爱恋我的少女和我爱恋的少女，即使她们在我年少无知的青葱岁月中最终匆匆走过，成了过客，但我还是要感谢她们，感谢她们给了我不可磨灭的美好记忆。

我抬起头，鼻腔一阵酸楚，热泪即将盈眶，我不能让他们看到我多愁善感的一面，于是我匆匆跑下了舞台，把沈士生一个人丢在了上面，把叫人的机会留给了他。

他似乎在思考一个很重大的问题，想了半天，才叫了某行某列，然后下了台，在我旁边坐下。

我抱怨道：“你刚才怎么不跟着唱啊？”

“怕抢了你的风头。”沈士生抬头看着前方，也好奇叫到的人是谁。

而接下来走上台的人让我霎时瞠目结舌，心潮澎湃。

“沈士生，沈士生，她不就是那天晚上我们看到的那个女生吗？”我拽着沈士生的衣袖一阵叫嚷。

沈士生看了几秒，大概也认出来了，于是点了点头。

“真没白带你上去啊。”我盯着台上的女生仔细打量。

那女生扎着个马尾，超凡脱俗的气质深深地吸引着我，她看上去可真清纯可爱，即使在光线不足的情况下，也能看出来她皮肤白净得像白雪公主，我可从来没有这么形容过一个女生，可见她有多白多好看。

“沈士生，我感觉春天来了。”

沈士生没有理我，却也盯着台上那个女生在看。

“嗯……大家好，我是许念。嗯，我也唱一首歌吧。”许念有些羞涩紧张，视线快速掠过观众，最后落到她脚下的影子上，不知道她有没有掠过我。

“她叫许念，她叫许念……多好听的名字啊！”

沈士生鄙弃地瞪了我一眼，我忽视了。

许念开始唱歌了，唱的是陈绮贞的《旅行的意义》。她的声音那么好听，唱得让我心碎，唱得我仿佛正在享受一场听觉盛宴，唱得我怀疑她也是个有故事的姑娘。

想到她如果也是个有故事的姑娘，我就有点儿不高兴，就像闷头喝了几口老陈醋。

下一刻我就为自己的胡思乱想唾弃了一口，许念那么纯洁无瑕的姑娘怎么会有我想到的那种故事呢？看到她青春的马尾和清纯的面容我立刻又开心了起来，继续目不转睛地欣赏着她的一切。

很快她就唱完了，随便报了个数字后，她便如仙女似的跳进了那群没有一点儿少女气息的菜市场大妈似的女生堆里。

我的视线跟着她，直到她消失在人群中，心头百感交集，不知道是得到了还是失去了。

许念，等着我，即便你走失在茫茫人海中，我也一定会找到你！

第二章

没想到我们是同班同学

开学第一天，我便近似疯狂地踩着单车，风驰电掣般飞驰在小镇的大街小巷，以至于交警叔叔看得目瞪口呆。

他一定惊讶于我的速度以及我脸上表现出的沉着冷静，猜测我要是代表国家参加奥运会自行车项目比赛，必能轻松夺块金牌。等他一阵遐想反应过来那小子闯了红灯，我已经从他的视野中消失得无影无踪了。

斜挎在肩上的单肩空背包随风飘扬在我身后，仿佛一面旗帜般向全小镇所有早起的人昭告：我！盛柏孝！高一开学第一天就要迟到啦！

狂风把我的刘海用力向后掀去，暴露了我平坦光滑的大额头，我真担心我的发型等会儿会被风吹得像超级赛亚人那样放荡不羁。

而谁也看不出来，我表面看似稳如泰山，实则内心慌得不行。

虽然我天不怕地不怕，但我还是不想第一天就迟到，那样会显得我与众不同，显得我太过随心所欲，我只想安静地做个普普通通的高中生，像所有同学那样按时上学、放学。

我咬着牙，抄着近路，风一般的少年如早晨八九点钟的太阳，朝气蓬勃，我仿佛看到世界在向我招手，然后一本正经地告诉我：I am yours.

我嘴角露出一丝不易被察觉的笑，一个漂移转弯，转过一个大拐角，于是和光中学的后门就出现在我的视野里。

只是这一刻我眼睁睁地看着它即将被关上，我更加慌乱了，但我脚下不停歇，嘴上大叫着："等一下，等一下，放我进去……"

和光中学可真大，我像只无头苍蝇似的一路狂奔了半天，才找到高一年级所在的2号教学楼，而高一七班所处的楼层可真高啊，四楼，我三四级台阶一起跨，跨得我两条大长腿像被掰开的圆规。

跨到三楼，我稍稍驻足了一秒钟，三楼的走廊上没有一个人，学生都坐在教室里，而沈士生就藏在三楼的高一三班里，我又抽出几分之一秒的时间，算了算高一三班的具体位置，然后透过窗玻璃往里面张望了下，却没看到沈士生。

我想沈士生不会也迟到了吧，越想越幸灾乐祸，但转念回首过往，却怎么也翻找不出来沈士生迟到的案例。

呀，我还有心思想这么多，我真是服了我自己了。

上课铃声早早在我敲学校后门的时候就响了。那个门卫大爷磨叽得像个女人，开个门都要问东问西，恨不得知道我今天穿了什么颜色的袜子。更可气的是在我好不容易进去的时候，他还苦口婆心地在我身后一顿好心提醒：闹铃定得早一点儿，早起的鸟儿有虫吃，一天迟到天天迟到，一日之计在于晨……几十年后，我可不要变成个这么啰唆的大爷！

我跑到高一七班门口，打报告的时间都没有，直接破门而入。

或许因为我的举动太过鲁莽，太过突然，吓得整个教室瞬间鸦雀无声，所有人的目光齐刷刷地投在我稚嫩的脸上。

我哪有时间在这个时候享受被万众瞩目的荣誉感，只转着鹰眼四下一扫，锁定后排靠窗的一个空座位，便拔腿绕教室半圈冲了过去，旋即一屁股坐下。

坐在我旁边的是个男生，看上去还挺帅的，瞪着眼睛看我，像吃了一头鲸，大惊小怪。

双人桌被我撞得前仰后翻，发出一阵突兀的声响，真尴尬，我赶紧扶住桌子，制止了它的躁动不安。

但是它似乎撞到了坐在我前面的两个女生，她们不约而同地往前闪躲，左前方的那个女生似乎不爽，回过头来，伴随着一声咋舌还嫌弃地瞪了我一眼。

我连忙替我的桌子作揖道歉，她才扭头回去，我可真有些不好意思，终于有点儿羞愧感了。

坐在我前桌的女生的马尾在我眼前左右晃动，吸引了我的注意力，喘息之余我分明嗅到了她头发上残留的洗发水的淡淡清香，真的很好闻。

“刚才进来的同学起来做个自我介绍吧？”

我还在发愣，旁边的男生推了我一下，我才反应过来，朝讲台上看去，一个看起来三十岁左右的还算漂亮的女老师双臂撑在讲台上正朝我看，只是脸上冰冷严肃，似乎有些不高兴。

我赶紧站了起来，又注意到黑板上白色粉笔写了一串英文字母，不用说这节一定是英语课，于是我试问道：“In English?”

女老师愣了愣，接着点了下头，目光紧盯着我，而周围也有很多人把目光投了过来。

我轻皱了下眉，镇定自若地临时给自己想了个英文名字，然后开口自我介绍道：“Hello,my name is Frank,en……”

那些人像盯一个犯人似的盯着我，让我不自觉地步步为营，每说一句都要思考半天，生怕用错了语法，但我好像也想不出有什么可介绍的了，于是赶紧结束道："Over."

结果有人笑，有人皱眉，似乎对我的介绍并不满意。

台上的女老师也勾着嘴角笑了下，但很快又把那抹笑隐藏了起来，继续冷淡地看着我说道："用汉语。"

我大脑一时短路，便用汉语把刚才说的话翻译了一遍："你好，我的名字是弗兰克，嗯……完了。"

不用说，惹得全班掀起一阵爆笑，台上的老师也哭笑不得，而我撇着嘴略显尴尬。

只是这时候我前桌的马尾女生也回过头来看我，她这一回眸简直不得了，害我差点儿以为自己是眼花了。

我的天，我大吃一惊，这马尾女生不就是我朝思暮想的许念小仙女吗？她怎么会出现在高一七班的教室里，还不偏不倚地就坐在了我的前桌？

难道这就是传说中的天注定和缘分吗？我不可置信，同时也心花怒放。

我注意到许念看我时嘴角挂着一丝温暖善意的微笑，那微笑就像阳光似的把我刚才那点儿尴尬全部融化掉了，我不得不感慨这一切真的太棒了。

我愣愣地又盯着许念的后脑勺幻想着我们两个美好故事顺风顺水的发展历程，甚至我都想到了几十年后，我们为一点儿柴米油盐争论不休时候的小幸福。

啊，春江水暖，一切来得太突然了，妙不可言，妙不可言。

“喂，弗兰克，你在想什么呢？”教室逐渐安静下来，但还有人偷偷地笑着，女老师打断了我对未来的畅想。

我摇了摇头，心柔软得像是飘在蓝天上的云朵。

“你中文名字叫什么？”女老师把我从幻想中拽回了现实。

“盛柏孝。”

我一直盯着许念的马尾，期望她可以再回过头来看我一眼。

但她却低着头在看书，而此刻我余光中又注意到坐在我右前方不远的位子上有个胖子不怀好意地冲着我笑，似乎视线都没有离开过，笑得诡异，让我不寒而栗。

我皱起眉头和他对视，结果他立刻转过头去，躲开了我的视线。

“行了，盛柏孝，你坐下吧。”

我感激地坐了下来，因为坐在许念的后桌而暗暗自喜。

“今后像盛柏孝这样迟到的，就站在外面，不用进来上课了。”女老师在台上厉声警告。

我不开心，刚才还在心里感激她不拘小节，是一位明师，看来是白感激了。

我的课本还没来得及领，身旁的男生把他的英语书滑到了桌子中央，和我共享。我很感激，我看到书的首页上工整地写着他的名字“江晨”，还挺好听的。

我猫着腰准备开口和他先认识认识，台词我都想好了，却发现他左手撑着脑袋靠在窗台上，视线游离在窗外，果然是个和沈士生一样无趣的家伙。

开学时的第一堂课所有老师往往都是讲些无用的条条框框，好给学生个下马威，挫一挫我们年少轻狂的锐气，但我知道这所有看似严格的规则也只在最初的日子里管用，等我们逐渐适应，逐渐有了更多的应对方法，我们就可以继续为所欲为，继续“不羁放纵爱自由”了。

台上老师慷慨激昂的演讲被我格挡在外。

我此刻只关心近在咫尺的许念，不知道她现在在想什么，是不是也和我一样无聊，是不是也讨厌台上那女老师聒噪的声音，是不是也万万没想到我们会如此有缘地成为前后桌。

我在想以后的日子里或许我可以和许念一起上学放学，每日谈笑风生，共同进步。

而如果真是这样，那么我就要抛弃沈士生了，以后他只能一个人孤零零地骑着单车，在小镇黄昏中大街小巷的各个角落留下他落寞的背影。

沈士生，对不起了，或许会有更好的同伴陪你骑过回家那段孤独而又寂寞的路程，又或许你会遇到个不错的女生，以后她会成为你的负担，需要你每日车接车送。

想到这里，我多希望许念能成为我的负担，要我每天车接车送，坐在我的车后座，搂着我的腰，靠在我结实的后背上，听着我的心跳，讲述着她的心情，幻想着我们的未来。

下课铃声打破了我眼前的画面，但没关系，我现在准备开始搭讪许念。

不，不是搭讪，是开始我们人生中的第一次正式会晤。

我咽下一口唾沫，激动得有些难以呼吸，心跳怦怦怦的，根本抑制不住。

深吸一口气，我握了握有些发麻的手掌，决定先轻拍下许念的肩膀，然后假装说：“你……你是不是叫许？许念？”

在我万事俱备，刚把手抬到半空中的时候，班级门口却传来一声高呼：“盛柏孝，老师喊你去办公室。”

真扫兴，我刚刚紧张得飞到半空中的心一下子就落了下去，摔得稀巴烂，紧张感随之摔没了。

唉，我悻悻而起，朝教室门外走去，许念，等我归来。

办公室在走廊的尽头，我磨磨叽叽走过去，探个脑袋望了望，刚好撞上英语老师的眼睛。我尴尬地嘿嘿一笑，接着走了进去。

办公室果然是个严肃的地方，里面坐着好几个虎视眈眈的老师，有人嗑着瓜子，有人喝着水，但全无例外地都在用目光欢迎着我的光临。

我在英语老师面前站住，还来不及开口问她找我有什么事，结果她噼里啪啦说了一大堆，无非是关于迟到的，我红着脸边点着头边说着是。时不时还有几个老师插进来一起教训几句，真搞不懂跟他们有什么关系，但我还是虔诚地听着他们几个人轮番孜孜不倦的教诲。

在我看来应对老师这种冗长的说教时，最好不要辩解，只要乖乖地做个捧哏，陪他们说完这段相声，也就万事大吉，大事化小，小事化了了。

一直说教到下节课的预备铃响了，她才肯放我回去。

我出了办公室，却撞上个熟悉的人，是跳爵士舞的那个女孩，我记得她的名字，好像是叫余婧来着，她仰起头，看了我一眼，什么也没说就急匆匆地跑掉了。

我摇了摇头，继续往教室里走，我居然在这个时候把许念和余婧拿来做对比：这两个人哪一个更漂亮呢？

思来想去，我还是更倾心于许念。

与许念的会晤一直憋到了第二节课下课，我才鼓足勇气轻拍了下她的肩膀。她回过头来看我，眉头轻轻蹙起，似乎在问我有何贵干。

我微微一笑道："你叫许念吧？"

她点了点头，居然没有问我为什么知道她的名字。

我想了想继续说道："我记得你，军训那天晚上你唱歌来着，唱得很好听。"

许念也微微笑着，然后有些害羞地说："谢谢，其实也没有很好听。"

"真的很好听。"

许念脸上微微泛起了红晕。

"你记不记得我呢？"我试探地问道。

许念若有所思，然后摇了摇头。

我有些惊讶，那天我的《七里香》唱得那么动听，她都没有记住我，果然是个不食人间烟火的女子。

这时候，许念的同桌，那个早上瞪我的女生转过头来："我记得你。”

我看向她，就知道我的歌声还是有人记得住的。

“那个在军训期间唱歌跑调的男生，不过　　也还好，将就着能听。”那女生说完不屑地对我笑了笑。

跑调？沈士生私下可没有告诉我说我那天唱歌跑调了。

“不过，说起来那天站你旁边的那个男生是什么情况，也不唱歌，就呆站着。”那女生看着我。

“他五音不全，不会唱歌。”我说道。

“这样啊，不过也无妨，他只站在那里就能引起场下女生一阵讨论，想一想还真是有个性，又高又帅的，是不是啊，许念？”那女生看着许念问。

许念又想了想道：“我不记得了。”

“不记得？你可是被他点上去的。”那女生叫道。

但许念还是摇了摇头，那天她实在是没有注意看。

聊天的话题怎么不知不觉扯到了沈士生的身上了，我赶紧岔开话题，伸出右手放到那女生眼前道：“我叫盛柏孝，你呢？”

那女生撇嘴斜睨我：“占便宜啊你？”

但她还是伸手和我握了握：“何夏秋。”

我又把手转向许念。

许念说："你都知道了。"

于是我只好把手转到我的左手边，转而介绍道："我的同桌，江晨。"

真可气，没有握到许念的手！

中午留在学校餐厅吃午饭，我本来想和许念一起吃个什么豪华情侣套餐，但是一下课何夏秋就拉着许念一起跑了，简直比兔子还快。

我看向江晨，他依旧保持着手撑着脑袋的姿势，靠在窗台上装深沉，我还来不及开口，他就先挥了挥手说："你先去吃吧，我等会儿吃。"

看来我只能去找沈士生了，到高一三班门口时，有几个女生叽叽喳喳蜂拥而出，然后整个班里只剩下沈士生一个人了，沈士生下课永远都是不着急的。

我靠在门上什么都不说，沈士生就懂我的意思了。

"吃饭不积极，思想有问题。"我边走边说，但沈士生没有搭理我。

我们狼吞虎咽快速解决了午餐，中途还有几个坐在一起的女生朝我们这边看，嘴上还议论着什么。我想她们一定是在看我，当然也可能顺带看一下沈士生，拿他和我做比较。我暗暗自喜，然后扭头朝她们看去，她们立刻作鸟兽散，端着餐盘跑了。

我和沈士生坐在树荫下的长椅上消化胃里的罪恶，我叼着冰棒，他喝着饮料。

“你还记得军训唱歌的那个许念吗？”我咬下一块冰棒，含在嘴里。

沈士生看了我一眼。

“她和我一个班，还刚好坐在我的前桌。”我又咬下一块。

沈士生不可思议地又看了我一眼。

我偷偷地乐着，开心得冰棒融化流了一手的水都不知道。

“那个爵士舞在我们班。”沈士生冷不丁地说了句。

“余婧？”我大吃一惊。

沈士生点了点头。

“那你岂不是……有眼福了？”我奸笑道。

沈士生白我一眼，继续喝着饮料。

下午开班会，我才得知原来英语老师还兼任我们的班主任，所以从她进门那一刻，我就感觉她的眼神有点儿怪，好像在盯着我看，想要抓住我的什么把柄，等会儿连同我迟到的账一起算，也或许是我想太多了。

班主任有个好听的中文名字叫赵敏，这让我曾经一度想要变成张无忌的想法一下子就没了，我可不想有个这样的女人做我的刁蛮郡主，我有我的白雪公主许念就够了。班主任还有个英文名字叫Sophia，翻译成中文是苏菲亚，我想她一定喜欢被人苏菲亚苏菲亚地叫，因为这样会显得她很国际化。

据说苏菲亚现在还是个大龄单身剩女，我都为她的父母操心她的婚姻，但愿她能尽早遇到属于她的张无忌。

这节班会的主要内容当然是暂定班干部，我对这种吃力不讨好的差事一向不感兴趣，所以我宁愿趴在桌子上盯着许念的马尾发呆幻想，也不愿意闲得无聊去蹭个一官半职。

苏菲亚准备了一番，然后问道:“有同学愿意竞选班长一职吗？”

台下一片寂静，气氛一度尴尬，片刻后居然有人举起了手，是坐在我右前方的那个胖子。

我一直在思考是不是每个班里都会有个胖子，回想起我这些年的校园经历，也的确是没有逃脱过这个定律。

那胖子倒是令我转移了注意力，因为只有他一个人热衷于竞选班长这个职位，更夸张的是，他居然还准备了竞选班长职位的发言稿，这一举动令所有人瞠目结舌，不得不感叹人与人之间的差距。

而我只想说，喜欢就拿去吧，烫手的山芋可没人愿意和你抢。

那家伙满面春光地站在讲台上环视着教室里一张张无精打采的

面容，然后信心十足地把发言稿举了起来，还故意咳了咳，希望台下配合点儿，继续保持安静。

于是他开始自信满满地念起了发言稿："同学们好，老师好，我叫董帅……"

当他念出名字的时候，所有人都抬头往讲台上看了一眼，接着继续低下头做自己的事情。

董胖子念完一页，翻第二页的时候，苏菲亚制止了他："再念就下课了。"

董胖子笑得谄媚，然后只好把发言稿整齐地叠好塞回了口袋里。

"还有同学愿意竞选班长职位吗？"苏菲亚再问了一遍，但无人作答。

"没人竞选，那班长就是董帅喽？"苏菲亚的语气让人怀疑她并不想让董胖子来当班长，但董胖子却没听出来苏菲亚的言外之意，只坐在下面腰杆挺得笔直，俨然一个合格负责的班干部，最终班长一职只能暂落到他的手中。

"有同学愿意竞选学习委员一职吗？"

台下依然静得出奇，苏菲亚的脸色变得有些难看。

还好依然有人配合她。

董胖子高举右手，苏菲亚一愣，笑道："一个人可不能同时兼顾两个职位哦。”

“我可以。”董胖子倔强道。

苏菲亚有些不知所措，摆手示意董胖子放下手，但董胖子依旧把手举得高高的。

所有人又抬头看董胖子，猜测这董胖子怕是个傻子。

苏菲亚无奈，只好忽略董胖子，报出几个其他职位，也无人自愿竞选，最后她只好自作主张，把所有的职位随意分配给学生。

“许念，英语课代表，没有意见吧？”苏菲亚看着许念。

许念摇了摇头，她哪有敢说“不”的勇气。

“盛柏孝，体育课代表……”

“我的妈呀，我不行，老师我真的不行。”我反应强烈。

“早上看你跑得挺快的，就这样了。”苏菲亚冲我善意地微笑。

我哪能这么容易被感化，继续叫道：“老师我真不行，我……”

“开学第一天就迟到，五千字检讨明天交。”苏菲亚放了大招。

“老师这个我更不行。”我委屈。

“体育课代表和五千字检讨选一个。”

“体育课代表。”我坚定回复。

沈士生家和我家在同一个方向，不过他家比我家还要远一点儿，原本我们应该一起骑车回去，但今天放学后我借口有事，让沈士生一个人先走。沈士生也不多问，脚下一发力，车子和人“嗖”的一声就飞进了放学的人潮中。

于是我跨在自行车上，在校门口等了半天，才看到许念一个人背着书包慢悠悠地走了出来。

许念看到我后，温柔地问：“你怎么还不走啊？”

我说：“我和你顺路，我可以载你一起回家。”我指着车后座，幸好我没有拆掉这个后座。

许念连忙挥手：“不用了，不用了，我家还挺远的，而且还有好几段上坡路，也不怎么好骑。”

“没关系，没关系，我体力可好了，你相信我。”我自信地说。

“我还是坐公交车好了，就不麻烦你了。”许念总是这么客气。

“哪麻烦了，不麻烦的。”我感觉我再强迫下去，看起来会像个流氓。

“哎，我车来了，我要先走了。”许念指着远处驶过来的一辆公交车，然后她拽着书包一路小跑过去，上车前还不忘回头冲我挥手说再见。

她可真可爱啊，我落寞的心头又瞬间变得很温暖。

我目送公交车离开才回过神来，但愿沈士生还没有骑太远，我踩下单车的脚踏板，这时一辆看起来很昂贵的黑色轿车出现在我的视野中，我注意到一个女生跳进了那辆车。

居然是余婧，哇哦，没看出来她还是个有钱人家的千金小姐呢。

我始终不能勉强许念立刻坐在我的车后座，所以我只好把这个原本打算拆卸掉的后座一直保留着，等到某一天我终于感化了许念那颗困于世俗的小心脏，她自然会自愿地坐上来，搂着我的腰，靠着我的背，任由我带她骑遍小镇的大街小巷，带她去往更远的地方。

某天早上我来得甚早，我到的时候班里甚至还没坐够一半的人。

何夏秋这种和我一样总是踩点进教室的人今天居然比我来得更早，现在正趴在桌子上埋头奋笔疾书。

“何夏秋，你作甚呢？”我在座位上坐下，故作严肃地叫道。

何夏秋没有理我，疯狂地“复制”着英语作业。

我凑上前看了看，说道：“等会儿用完，借我参考下呗？”

“不行，参考的人多了会被发现的。”何夏秋笔下不停歇。

“不会不会，我改着参考。”我笑嘻嘻的。

何夏秋忽然把笔用力地扣在桌上，发出“砰”的一声，同时伴随一句：“搞定。”

我欣喜若狂，伸长手臂，摊开手掌：“快来快来。”

何夏秋把她的本子扔了过来，我拿起来一看，这画的是什么啊，完全看不懂，于是又扔了回去：“换一本，这个看起来有点儿费力。”

何夏秋白我一眼，只得把另一本扔给了我：“许念的，改着抄。”

我一听是许念的，开心得要命，啄木鸟似的点着头，然后美滋滋地开始了“复制”。

许念的字可真好看啊，和她的人一样好看，让人赏心悦目，抄作业都觉得心情会很好，我边抄边嘱咐着何夏秋：“你也好好练练字吧，不然抄你作业的人都没有。”

何夏秋伸手要拽走许念的作业本，我连忙道歉，她才罢休，果然是个泼妇。

不到十分钟的时间我就全部抄完了，然后又好好欣赏了下许念的字，我想我也要写出这么好看的字，才能和许念更加般配。

最后我把我的本子和许念的一起放到了她的桌子上，她是英语课代表，最后都是要交到她手上的。

第三章

今天你夸别人了，我不开心

苏菲亚在英语课堂上勃然大怒：“盛柏孝，你给我站起来！”

我一脸茫然，不知何罪。

“你昨天的作业怎么完成的？”苏菲亚质询我。

“我自己写的。”我义正词严。

“自己写的怎么会和许念写的一模一样？”苏菲亚瞪着眼睛，像只青蛙。

我一愣，立刻想到全答对了不就都一样了嘛，于是我继续辩解：“我和许念全答对了，不就一样了吗？”

苏菲亚咬牙切齿：“我最后让完成的自己童年的小作文，你都和许念写得一模一样，你也穿花裙子扎头发吗？”

班里轰然响起一阵乱七八糟的笑声。

我愣住了，僵硬地看向何夏秋。何夏秋侧着脑袋一脸惊愕状，张嘴说道：“你怎么这么蠢啊，作文你都抄。”

我无地自容，只看到许念低着头，马尾一晃一晃的，已经笑得全身颤抖。

片刻后，苏菲亚叫道：“既然喜欢抄，把昨天作业拿回去再抄十遍，明天交给我。”

我无力辩解，自己的烂摊子自己收拾。

“许念，你也一样，拿回去抄五遍。”苏菲亚气急败坏，不分青红皂白。

许念抬起头，点了点。

我坐了下来，没想到连累到了许念，万分抱歉道：“许念，对不起啊，我不是故意的。”

许念没有理我。

我继续小声说：“要不，你那五遍我帮你写吧，反正也不是你的错。”

许念还是没有回头理我，但我看到她继续晃动的马尾，知道她一定还在偷笑。

天气大好，阳光明媚，体育课上我们生龙活虎，像是脱缰的野马。

为表对许念的愧疚之情，我滥用体育课代表的权力，在开始热身跑圈的时候，以许念身体不适为由没让她跑，当然，何夏秋也跟着沾了光。

在这个决定上许念和何夏秋还是很感谢我的，但是也有人过来给我说好话，希望我也能让他站在一旁晒晒太阳就好了，但我客套地回绝了。

我可是个负责任的班干部，要为每一个同学的健康着想，在繁忙的学习生活中，我们更需要珍惜每一次锻炼的机会，毕竟身体才是革命的本钱。

董胖子边跑边求我："孝哥孝哥，我不行了，让我休息会儿吧。"

我瞥了瞥董胖子一身的肥膘，然后露出圣母般柔和的微笑说道："坚持住，终点很快就到了。"

董胖子大汗淋漓，身上的肥肉上下晃动，我真为他操碎了心，于是在所有人停下的时候，我为了他好，又让他加跑了一圈，当然我还好心地陪他又跑了半圈。

"加油，加油，多跑一圈你瘦一圈。"我鼓励着董胖子。

"盛……盛柏孝，你……你给我……等着！"董胖子边跑边喘，样子可爱极了。

其实我并不是有意要为难董胖子的，而是他为难我在先。

当然要他直接来为难我，我想他也找不出什么合适的理由，而是他为难了我的许念小仙女，这也就间接等于为难了我。

前几天，董胖子总是三番五次抱着本英语课本来找许念给他答疑解惑，一次两次还好，次数多了我就看出了他那点儿小心思。

为了不让他影响到我可爱的许念的正常学习和生活，于是我挺身而出，一把拽过董胖子的课本，热心肠地告诉他说："这个我会，我来教你。"

董胖子不悦，想从我手上夺走课本，但我抓得很死，问他："怎么，不要我教啊？"

董胖子点头也不是，摇头也不是，憋了半天脸都急红了，然后说道："我突然会做了。"

"会了？真会了？"我得确认。

董胖子卖力地点头，我才把书还给了他："以后不会的都来问我，我全会。"

董胖子"嗯嗯"两声，转身跑回到自己的座位上。

何夏秋看得一愣一愣的，不可思议地问我："这五花肉你就这么解决了？"

我自信地一笑，只是许念满脸茫然地看着我俩，不知道我们在说什么，也不知道我为什么要阻止她给董胖子讲题，真是单纯得可爱，我看着许念微微笑着。

董胖子这坨五花肉还真是坨喜欢打小报告的五花肉，我上课睡觉这种根本拿不到台面上的小事情都能传到苏菲亚的耳朵里去，于是我多次进出办公室，成了常客，和几位老师熟悉得像是亲戚。

有时候临走时还有老师把我叫住，客气地麻烦我帮忙换一桶水或者倒个垃圾，我心头像是奔过一万头羊驼，但我还是积极热情地完成他们吩咐的事情。

也有善良的老师懂得回报，在我忙完的时候，塞给我一两颗糖果或者是一把瓜子，结果我又被告到办公室，说我上课偷吃东西，我深吸一口气，微笑着坦然地面对艰难的生活。

那天阳光很好，我盯着许念的马尾看累了，于是趴在桌子上睡着了。我做了个奇怪的梦，梦中我当着董胖子的面吃五花肉，吃得津津有味，我喊董胖子一起来吃，结果董胖子好像很害怕，全身上下止不住地往外冒冷汗。我拿着刀叉凑到他跟前问他怎么了，怎么不吃肉，怎么满脸是汗，结果在我举着刀叉逐渐逼近董胖子的时候，我的梦居然被打断了。

我睁开了眼睛，视线模糊，但很快我就清醒了，很多人都围在我身边指指点点的，而站在我正前方的人就是董胖子。董胖子手里捏着一本很厚的武侠小说，笑得像只发疯的野猪。

我意识到情况不对劲，于是我立马坐了起来，从董胖子手中直接把那本书夺了过来，翻开一看，居然是本包着武侠小说封面的黄色小说。而我再往前回想，才发现这本书已经在我桌子上放了好一阵子了，只是我一直没有翻开看过，至于是谁将书放到我桌子上的，我并没有注意。

不过，以我福尔摩斯般的判断力，我一下子就猜出了这是谁的小人作为，故意设计这种小把戏害我当众出丑。

我勃然大怒，当即摔掉那本书，站起来就揪住董胖子的衣领，怒目瞪着他，大吼了两句。董胖子吓得俨然像是一只被握在手心的小猪崽，嗷嗷直叫。

“不是我……不是我……”

“不是你，还能有谁？”

我哪能忍受他这般羞辱，空着的一只手抡圆了就朝董胖子那肥脸上砸去，可是刚挥到一半就被另一只手拦住了，回头一看是江晨。

其他几个围观的男生立刻上来解救了董胖子，阻止了一场硝烟。

而我此刻却注意到许念躲在后面，用不可置信的眼神看着我，似乎不敢相信我也是那种会打架的人。

我心中的怒火仿佛一下子被一盆冷水浇灭了，我坐了下来，很后悔刚才那么冲动。我不知道许念现在会怎么看我，会怎么想我，但我实在也不知道如何开口给她解释才好。

那天整个下午她都没有和我说话，也或许只是我没有主动找她说话，我的心情糟糕透了，一直到放学回到家都没有和任何人说过一句话，包括沈士生。

第二天体育课，我继续滥用职权，让董胖子不断地跑圈，一圈又一圈地跑，我想看他跑到虚脱，跑到累死过去。我知道他心里一定在骂我，但他不敢骂出声来，他怕我再冲动，所以他只能继续咬着牙，视死如归地跑着。

何夏秋凑到我跟前说道："其实你昨天发怒的时候还挺让人害怕的，不过也挺帅的。"

我看了眼何夏秋，心情终于稍稍好了点儿，只是我又注意到了坐在远处的许念，她一直盯着董胖子看，或许她也不想看到我这样对待董胖子吧。

于是我扭过头大声叫道："行了，别跑了。"

董胖子闻声停了下来，像只被开水烫过的死猪似的瘫在了地上。

一直延续到下午大课间，我和许念都奇怪得居然一句交流都没有，就连她的马尾我都感觉很少晃动了。

是不是就因为那本黄色小说和我昨天的冲动，许念已经看透了我是什么人，所以她故意不理我，和我有意保持距离，最后我们会渐行渐远？我都有点儿恨自己为什么不敢给许念解释下，但我也不知道我为什么需要给她解释。

算了，不多想了，现在天气很好，很适合打球，所以我决定在球场上好好发泄发泄低落糟糕的心情。

我侧过头看了眼江晨，江晨还是保持着老样子，手撑着脑袋，目光游离在窗外。我坐了起来，抻着脖子越过江晨往窗外看了看，楼下就有个篮球场，打球的人不多，还有空场地，这正合我意。

我一直觉得江晨这么坐下去会变成一尊石像，最后风化掉，所以我拽着江晨一起下去活动活动筋骨。

我说："这么高的个子不打球就浪费了。"

江晨迷迷糊糊地被我拽起来，摇摇晃晃地便被我拉着从后门出去了。

刚下到三楼又撞见了沈士生，他怎么能逃得出我的魔爪，捏着一本课本就被我活生生地拖了下去。

我们似乎已经很久没有在球场上肆意挥洒青春了，沈士生为了学习，江晨为了发呆，而我为了看许念。

"我说，沈士生，你穿着件白衬衫怎么也跟着跑了下来？"我边说边把抢到的篮板球砸地传给了三分线外的沈士生。

沈士生似乎总是忽略我很多一本正经的话，我怀疑他的听力不是很好。

阳光下，沈士生的衬衫挽到了胳膊上，他原地运着球，眉如远山，眼若明星，样子好看到爆，有着这个年龄段男孩子特有的浅薄。

甚至有很多时候我也想成为像沈士生这样的男生，安静地学习，不问世事，看似孤独却也拥有一个如我一般的知心好友，还把自己的人生尽早规划得有条有理。

真是羡慕他啊！别人家的孩子。

沈士生将球高高举过头顶，手指只是轻轻一拨，球便飞了出去，一条完美的弧线划破天际，球刷网而进，我不禁都要鼓掌叫好了。

球落到了江晨的手里。

我总觉得江晨和沈士生在性格方面有点儿相像，都属于那种对谁都很冷淡的人，或许江晨也是个有故事的男生，而他的故事还待我慢慢发掘。而在学习方面，江晨就和我类似了，他保持着他那个亘古不变的姿势发呆；我时而睡觉，时而盯着许念的马尾幻想。

在我们三人一顿乱投时，不知道从哪儿又冒出三个人来。那三个人个头都很高，穿着球衣，装备很专业的样子，为首的人手上运着个球，篮球被拍得咚咚作响，来势汹汹，不是抢地盘就是来打架的。

我把球踩在脚下，手叉在腰上，仰着脖子，成了我们三个人为首的人，摆出一副“有种一起上啊”的神情。

那三人逐渐靠过来，中间的高个子抱住了球，露出个微笑来：“一起打呗，3V3。”

我一看不是来抢地盘打架的，立刻收起刚才嚣张的姿态，乱投哪有打比赛有意思，于是我点着头：“行啊，打比赛才有趣。”

沈士生挥汗如雨，白衬衫很快就湿透了，背后被抓得乌漆墨黑的全是手印。以前没发觉江晨球技这么好，几乎百投百中。而我也不知道哪儿来的旺盛精力，跑动灵活，全程激情四射，像只注入了兴奋剂的猴子。

当然对方三个人也不是泛泛之辈，个个都有两把刷子，但我只能夸他们对得起他们的球衣和装备，没有白花钱。

最后“会员玩家”和“普通玩家”打了个五五开，我很满足，酣畅淋漓，运动简直爽到爆。

对方为首那人似乎也打得很开心，硬要和我们认识认识，交个朋友。

“我叫杨熠，是校篮球队的队长，我觉得你们打得很好，如果有意向可以加入我们校篮球队，到时候我们可以一起打球，争夺荣誉，为校争光。”

我一听原来是校篮球队的，加入篮球队倒是挺有意思的，于是我问沈士生有没有想法。沈士生才不肯去，他的时间都是划分给各个科目的，今天也就是个例外，给了我面子才来。我再问江晨的想法，江晨也不想去，他宁愿真的在那个座位上坐成一尊石像，也不愿意让臭汗浸湿了他的衣裳。

“好吧好吧，既然他俩都不去，那我再考虑考虑吧。”我对杨熠说。

杨熠点点头：“没关系，有想法了再来找我就是。”

我们几个人快速洗了一把脸，就纷纷散场，各自回到了各自的班里。现在我和江晨静坐在座位上，像两个刚出炉的大肉包似的不断地往外冒着热气，简直要虚脱了。

许念不在，何夏秋趴在桌子上看漫画，我立刻拍了拍何夏秋的肩膀，何夏秋不高兴地回过头来。

“有事吗？没事干吗打搅我？”说着，她又要转回去。

“有事有事。”我叫道。

何夏秋又转了过来，盯着我热得快要蒸发的脸看。

“嗯……那个……”我有些不好意思开口。

“那个什么啊？”

“那个……你不觉得许念从昨天到现在怪怪的，一句话也不说？”我问。

“哦，她来那个了，自然懒得理你。”

“那个？哪个？”我听不懂。

江晨推了我一下，我看向他，他看向窗外，我还是搞不懂。

“大姨妈。”何夏秋脱口而出。

我目瞪口呆恍然大悟，是有听过女生在这个期间是不愿意多说话的，那照这么说许念不是故意不理我的，我越想越开心，心头最后一点儿沉闷也烟消云散，轻松多了。

这时候许念进来了，我看着她，她看着我，有点儿奇怪，但我没有挪开视线，于是她轻轻皱着眉头问我：“干吗这么看着我啊？”

我摇了摇头：“没有没有。”

她撇着嘴角不解地坐下。

啊哈哈，许念终于和我说话了，我疲惫的身体再次充满活力，恨不得现在到楼下操场跑上十圈，边跑边喊“许念和我说话啦”……

这节是自习课，本来教室挺安静的，但有一两个人以讨论问题为由交头接耳说悄悄话，然后所有人都开始了讨论问题，顿时教室热闹得像是菜市场，其他班也一样。

老师都去开会了，董胖子的嚣张气焰被打压得一时半会儿也不敢再轻易行使权力，只得窝在座位上做自己的作业，任由全班学生叽叽喳喳肆意猖狂。

我本来趴在桌子上欣赏许念可爱的背影和马尾，结果何夏秋笑嘻嘻地转过来说：“你们刚才打球我和许念还看了一小会儿呢。”

我立刻坐了起来。什么？我们打球许念都看了？

那她有没有看到我刚才帅气逼人的过人还有投篮，还有几个出糗的时刻？她应该没有看到吧？

“江晨，没想到你球打得还不错啊，初中时候可很少看到你打球啊。”何夏秋对江晨说。

江晨一笑，正准备说话，却被我打断了：“初中？难道你们初中就认识？”

“对啊，我们可是初中三年的老同学了。”何夏秋冲江晨挑了下眉。

江晨笑了笑。

许念大概也是第一次听到这个爆料，于是也转过来参与我们的讨论：“啊，还真没看出来呢，看着平平淡淡的，还以为你们也是新同学呢。”

“嗯……江晨话少，喜欢装高冷。”何夏秋解释。

“没有装高冷，只是懒得说话。”江晨又辩解。

“哎哎哎，刚才和你们打球的另一队的那个短发男生是谁啊？看上去还挺帅的。”何夏秋一脸花痴样。

“哦，那个人啊，是高二年级的，校篮球队的队长，叫杨……杨什么来着？”我抓着头发想了想，然后看向江晨。

“杨熠。”

“怎么，你有什么企图？”我问何夏秋。

“企图？企个鬼图！”何夏秋瞪着眼睛。

“那个和你们一队穿着白衬衫的男生，好厉害啊，他是谁呢？”许念小声问道。

“那个啊，就是军训时站在盛柏孝身后的那个男生，就是他喊你起来唱歌的。”何夏秋接话道。

“哦，是他啊。”许念看向何夏秋，嘴角微微扬起。

“对了，那男生叫什么名字啊，感觉你们很熟似的？”何夏秋又问我。

“他啊，他叫沈士生，和我岂止是熟呢，简直就是异父异母的孪生兄弟。”

“异父异母？孪生兄弟？”何夏秋瞠目结舌，许念也盯着我。

“我们俩啊，可是患难之交，同甘共苦十几年，从幼儿园就认识了，然后一直上小学、初中，都在一个年级一个班，从来没有分开过。这到了高中才终于有机会和那个家伙不在一个班，但还是在一个学校。”我说完得意扬扬地笑了笑。

“哇，那你们比我和江晨认识的时间还要长，还要有缘呢！”何夏秋感慨。

“当然啊，搞不好以后上大学还在一个学校一个班呢！”

我们越聊越嗨，许念也放下作业不写了，加入我们，听我给她讲我和沈士生从小到大的趣事，她听得很开心，我讲得也很开心。能这样和许念交流，看到许念好看的笑容，真的让我罚站擦一周黑板我都愿意。

许念继续小声问：“那，那个沈士生有没有……”

这时候教室忽然一下子就安静了下来，不知道苏菲亚什么时候居然鬼魂般地站在了教室门口，怒目盯着我们这里，眼睛瞪得像铜铃，而我们就像是几只偷吃的老鼠。

何夏秋和许念赶紧转了回去，低着头假装看书写作业。江晨也保持着他惯有的姿势，但手上却不知道什么时候攥着一支笔，在本子上画着波浪线。而我讲得兴奋跪在了椅子上，突兀得像一只钻进羊群的长颈鹿。

“盛柏孝，你干吗呢？”苏菲亚怒吼道。

我吓了一跳，赶紧从椅子上跳下来，规规矩矩地装成一只小绵羊坐好。

“给我站到后面去！”苏菲亚大概也是来了“大姨妈”，脾气暴躁得像是即将爆发的活火山。

识时务者为俊杰，我二话不说，直接站到了教室后面的黑板前，站得笔直，这让我想到了军训的日子。

苏菲亚走上了讲台，但视线一直都没有离开过我，好像她挪开视线我就会飞走一样。

“自习一点儿没有自习的样儿，我看我要是再不来，你都要上到房顶了是不是？”苏菲亚盯着我吼。

苏菲亚给我出了个难题，但我选择保持沉默，一概不予回答。

“盛柏孝，罚你下周擦一周的黑板，记住没？让你上房揭瓦，当这里是菜市场啊！”

我不说话，表示默认。这时候，我注意到董胖子回头看了我一眼，发现我也刚好看到了他，他又立刻转了回去，乖得像一只粉嫩的小猪崽。

“其他人引以为戒，以后给我注意点儿！”

我看了看许念，她也乖得像只小兔子，很是可爱。

期中考试即将来临，所有人都惶惶不安变得紧张起来，就连后排那几个和我一样随心所欲的男生，他们也都开始疯狂地在纸上演算着数学题目，还不停地背诵着英文单词 Abandon。期望着高中第一次考试可以取得个满意的可以拿出手的傲人成绩。

那些人临时抱佛脚我都能接受，恐怖的是我的同桌江晨也开始临阵磨枪，把本子上的波浪线变成了一句句让人看不懂的深奥的英文高级句型，我不禁对他刮目相看，但愿他写的句型就我一个人看不懂，老师们都能看懂。

许念也在争分夺秒地复习，宝贵的下课十分钟，她都可以背下好几个英文单词。当然，这十分钟也可能是帮何夏秋解决了一道她做了十遍也搞不懂的物理或化学题。

人就是这么可怜，明明与自己无关的事情，完全可以逃避，但身处在这种学习氛围浓厚的环境中，也很难不受影响，于是我也打开了课本，准备认真地先做个预习。

我边看边笑，边笑边看，仿佛是在看一本笑话书。江晨侧目看了我一眼，大概他能理解我的感受，同是天涯沦落人，于是我又把书合了起来，长吁一口气。

我还是去散散心吧，这里乌烟瘴气的，不适合我。

前些日子，我又和杨熠他们打了几次球，结果打着打着我就莫名其妙进了篮球队。不过我比较懒散，很少来参加他们的训练，杨熠也不介意，只把我当成个打酱油凑人数的。

我溜进体育馆，只有几个人在训练，杨熠也在。

我问：“怎么都没几个人来训练呢？”

“都在准备期中考试呢，考试更重要。”杨熠说。

我“哦”了一声。

“你怎么不去复习呢？”

“我？我状态不好，出来放松放松。”我只坐在一旁看那几个人投篮，也懒得碰球。

“我也去投两个。”杨熠说罢，跑上了场。

这时候，有人递过一支烟来：“抽这个，这个放松。”

我愣了愣，说：“在这儿抽烟不合适吧？”

“怎么不合适，这里哪有人啊，大胆抽呗。”那家伙看起来比我胆子还大。

我只好半信半疑地接了过来，叼在嘴上，借着他的火点燃，尝试着抽了起来。

说实话，这是我人生中第一次抽烟，也没有那些人那么夸张，抽得咳来咳去的，不怎么会，几口就吸完了，感觉浪费了人家一支烟，真愧疚。

我返回到教室，许念大概是闻到了我身上的烟味，面露异样地看着我：“你身上怎么这么难闻啊，你是不是抽烟了？”

我立刻嗅了嗅我的衣袖，果然有一股苦涩的烟草味。我连忙解释道："我怎么可能抽烟，我又不会，是刚才去卫生间，有几个男生在抽烟，惹了一身的烟味，真可气。"

"这样啊，那你可不要学会抽烟啊，抽烟对身体不好。"许念说完，继续低头算题。

许念不喜欢烟味，叫我不要抽烟，这是在关心我的身体啊，真是太棒了！既然她讨厌烟味，那我发誓我这辈子都不抽烟。我越想越开心，继续翻开课本预习。

考试如期而至，也在紧张的两天后，悄然而止。

我们恢复到往常该有的样子，只是各科成绩陆续出来，几家欢喜几家愁，我和江晨似乎都不怎么看重成绩，一致认为成绩不是衡量一个学生的唯一标准。

但是每出一门成绩江晨的分数竟然都比我要高出很多，这令我很费解，令我不得不猜想他每天手撑着脑袋，眼神游离在窗外，但他的脑子却在高速地运转，思考着各类问题。

何夏秋大概是把会做的题都做对了，不会做的题也都蒙对了，所以她成绩不错。她开心得要命，一个劲地抱着许念，说许念是她这次考试的最大功臣。

我也想抱着许念，说她是我考试的大功臣。

但是我的成绩糟糕得可以，都快要垫底了。不过许念成绩不错，总分竟然是全班第一，看到她很高兴，我也高兴，我为她骄傲，也为她自豪。

嗯……最令我搞不懂的是董胖子居然考了班里第二名，现在开心得像是娶了皇帝的女儿，那副小人得志的样子令我很是不爽，很想上去胖揍他一顿。

少安毋躁，少安毋躁，我需要冷静，现在苏菲亚还在台上总结此次考试结果，我不能冲动。

“许念这次考得很不错，班级第一，年级第三。年级第一是三班的沈士生，单科成绩也全都是年级第一。”苏菲亚在台上开心地说着，好像沈士生是她班上的学生似的。

台下配合着哗然一片，难道只有我认为排名次很不好吗?

“盛柏孝！我看你天天和人家沈士生一起上学放学，你怎么不跟人家学学呢，成绩差距这么大……”

我被苏菲亚当着全班的面羞辱了，这令我有些不爽，我表面看似无所谓，但是内心实则已经遭受了很严重的创伤，现在急需安慰治疗。

“盛柏孝，没关系，以后不会的我可以帮你。”许念回过头来小声给我说。

我欣喜若狂，千疮百孔的心立刻被修复，好像因为她这一句话，我的成绩都瞬间提高了几百分。

“不过说起来，沈士生还真的是很厉害呢。”

我听到许念跟何夏秋小声说，这令我刚痊愈的心再次支离破碎，我很不开心。

第四章

许念，我刚才跑了第一名

许念，你知道吗，对于现在的我来说世界上最动听的音乐就是下课铃声，世界上最美好的事情就是我随时睡觉睁开眼睛你的背影和马尾就在我触手可及的眼前。

有几次我忽然在教室的睡梦中惊醒，却看不到你，我都会着急地立刻想知道你去了哪儿，直到我看见你微笑着走进教室，我才会觉得安心。

许念，如果某一天我身体不适，看上去病恹恹的，那我一定是中毒了。你不要问我中了什么毒，你应该知道下毒的就是你，而你就是让我生病的病原。

和光中学的阳光总是很温暖地穿过窗户玻璃，再越过江晨，然后洒到我的桌面上，被我擦干净的桌面再把阳光“过滤”一遍后，反射到许念的后背上，那样宁静和谐且美好，她的马尾像是水草般在耀眼的阳光中招摇着。

我趴在桌子上看得出神，看得入迷，看得心上也如少女心中的小鹿那样乱撞着。

我想到了我认识沈士生的那天，那还是在幼儿园，那时候我小得可怜，以至于我现在如果不翻相片根本回想不出那时候我的模样。

那天，我站在一个小女孩儿的背后盯着她的马尾看了半天，心生好奇就忍不住伸手拽了一下，结果那小女孩儿不像其他女生那么可爱，会转过来撒娇说讨厌，反而“哇”一声就哭了出来，哭得撕心裂肺，好像我夺走了她心爱的洋娃娃似的，我也吓了一跳，没想到这么大的姑娘竟然这么柔弱。于是我就被老师揪出来当众批评，所有小孩子都吓得不敢说话，只有一个男孩儿却笑出了声，然后他也被揪出来了。他就是沈士生，看到有人陪我，我也笑了，我俩的笑声好像有魔力般互相感染着对方，结果越笑越停不下来，最后我俩一起被罚，只能看着别的小朋友玩什么老鹰捉小鸡。我和沈士生一致认为那样的游戏就是哄那些幼稚的小孩儿玩的，我们可不幼稚，于是我们第一次握手就成了好朋友。

许念，如果我拽一下你的马尾，你会不会哭呢?

带着这个疑问，我真的伸出了罪恶的手，缓缓地接近许念的马尾，然后轻轻地触碰了上去，再轻轻地拽了一下。我那么小心翼翼地，都不敢用力，生怕拽疼了她。但她好像并没有发觉似的，于是我又稍加了点儿力，拽了下。

许念回过头来，轻蹙着眉头对我笑，然后温柔地轻声说道："你干吗啊，盛柏孝?"

听到这一声，我的心简直酥得快要融化掉了。融化片刻后，我赶紧说道："你头发上有只小虫子，我帮你弄掉了。"

"啊，虫子啊！"许念吓了一跳，连忙再检查了一番，然后才对我温暖地一笑，"谢谢喽，我最怕虫子了。"

许念，你知道吗，可能你不经意间笑一下，我会笑一天。

那天，闲得无聊我偷偷地观察了下江晨，我发现江晨的视线不止游离在窗外，而且有时候会停留在他的正前方，也就是何夏秋的脑袋瓜上。

我想我的视线时常会停留在许念的马尾上，是因为我喜欢许念，那么江晨盯着何夏秋的脑袋，是不是也就表明江晨喜欢何夏秋呢?

于是我趁何夏秋和许念都不在的时候，试探着问江晨："江晨，你有没有喜欢的人呢?"

江晨撑着脑袋瞥了我一眼，但是没有回答我，这个举动几乎和沈士生是一模一样，看上去那么欠揍，还好我心地善良，有耐心，于是我继续追问，但江晨最终冷淡地回答了没有。

我想江晨一定是害羞不好意思开口，需要别人来一点点地帮他剖开埋藏在他心中的秘密，然后我一脸奸笑地问："嗯……你觉得何夏秋怎样呢？"

这次江晨连瞥都没有瞥我一眼。

我想我一个大老爷们儿是不是有点儿太八卦了，跟个无聊的女生似的，于是我决定不这么问了，我要换一个江晨会接受的公平方式。我说："江晨，我们来交换个秘密吧，我告诉你我喜欢谁，你也告诉我，咱俩互相保守秘密吧。"

但是江晨装得比沈士生还要成熟，对这么有趣的事情居然一点儿都不感兴趣，鸡同鸭讲，于是最后我只好放弃。我相信时间最终会告诉我我想知道的一切，我也只能把我情窦初开的小秘密继续埋藏在我的心中，暂时不要被任何一个人发现，我要偷偷地暗恋着许念，直到许念一点儿一点儿感受到我的情意。

我总觉得许念很快就会坐到我单车后座上，但不是现在，所以我不勉强她，只是静静地骑在单车上等着那一天的到来。

目前放学回家我都只能先和沈士生一起走。

那天放学，我难得一次在沈士生班级门口等他，但这家伙放学不积极，非要算出一道数学题才肯走，于是我只得趴在他们班门前的护栏上，百无聊赖地望着这一片大好河山。我想我们要是能穿越回几百年前，我定要为许念打下这一片江山，我为王她为后，缠缠绵绵绕天涯，策马奔腾共享人世繁华。

我想着想着就偷偷地乐出了声。

这时候我后背被拍了一下，以为是沈士生，我转头去看，发现居然是爵士舞余婧。

她冲着我笑，笑得很好看，但比起许念还差点儿。

我愣了愣，不知道这余婧有何贵干，于是我假装并不认识她，然后问：“你是？”

余婧大概也属于那种比较自来熟的女生，向我做介绍的时候没有一点儿陌生感，反而像是我们本来就认识似的：“你好啊，我叫余婧，你在等沈士生吧？”

这很明显，但我还是假装吃惊道：“咦，你怎么知道？”

“很明显啊，我经常看到你们俩走在一起，你除了等他难不成等我啊？”余婧笑着。

我再次愣了下，被余婧撩得居然有些不好意思，难不成她也喜欢我？

余婧也趴到了栏杆上，从我这个视角看去，她身材可真的是很好，至少比同龄的很多女生要好得多，这让我不自觉地又拿她和许念做起了对比，嗯……许念稍逊风骚，不过我还是喜欢许念的，我敢肯定。

“你叫盛柏孝吧？”余婧问道。

我再次表现出惊讶：“咦，你怎么又知道？”我想不会是沈士生告诉她的吧。

“军训那次晚上唱歌，可是我叫的你呢，我自然会关注下我叫到的人是谁喽。”余婧脸上一直带着笑，这使我想要极力表现出严肃的脸上也不得不配合着她笑起来。

“你记性可真好啊。”我不知道说什么好。

“还行吧，有时候也不好。”余婧看向远方，眼里居然流露出一丝忧伤。我注意到她脸上化了淡淡的妆，许念可不化妆，纯天然素颜美女。

我知道她想让我问什么时候不好，但我没有问。

稍稍沉默片刻后，我说：“你可真会叫人，那个数字……”

余婧若有所思后看向我，我又赶紧看向远方，她哈哈地笑着说：“那个数字啊，四三八，可不是我故意叫的呢，我们下边的女生打赌说，谁上去就叫这个数字，结果是我上去了，嘻嘻，这不怪我。”

我才不怪她，如果不是她，我就不可能上去，我不上去沈士生更不可能叫到许念，那我就更不可能听到许念动人的歌声了。

“你唱歌挺好听的啊。”我没想到余婧居然是第一个这么说的人，果然很有欣赏水平，希望她不是故意恭维我。

我摇了摇头，故作谦虚道：“没有没有，瞎唱而已。”

这时候沈士生背着包出来了，眼睛在我和余婧之间扫了一下，然后径直往楼梯口走去。

“不聊了，我要先走了。”我冲余婧挥了挥手，然后紧跟上沈士生。

余婧点了点头，在原地望着我跑远。

路上，我和沈士生并排骑行。

我问：“你和那个余婧熟不熟啊？”

“不熟，没说过话。”

这也的确像是沈士生该有的风格，从来不会主动和女生说话，就算有喜欢他的女生，也会因为他的冷淡而渐渐疏远他，真搞不懂他。

“那她怎么知道我名字的？我记得我那次上台唱歌忘了自我介绍了。”

沈士生没有说话，我们两个沉默地骑了一会儿，我想他在思考刚才那道数学题的另外几种解法，而我在想余婧这种千金小姐一定也是个玩世不恭的富二代，学习成绩极差还不以为意。

“那个余婧学习成绩怎么样呢？”我再次问道。

“还不错，上次考试班里第二。”

我大吃一惊，刚才居然以貌取人了。

许念竟然收到了一封匿名情书，她看了后信就落在了我和何夏秋的手里，这在我们两人之间顿时就炸开了花。

何夏秋感慨她还没有收到过情书，如果有男生给她写一封感人肺腑的情书，她一定跟那个男生走，不论那男生是谁。她说得斩钉截铁，我差点儿信以为真。我当时想如果我喜欢的是何夏秋那就好了，只要她说话算数，我一定当着她的面就开始写情书。

我感慨许念高中生涯收到的第一封情书居然不是我写的，而是另有其人，而那个人是谁，目前还是个谜。我抓着那封情书，仔细研究，一点儿蛛丝马迹都不放过，所有喜欢许念的人都是与我为敌，我恨不得立刻抓住那个嫌疑犯，游街示众，以儆效尤。

许念这种单纯的小女生现在因为一封情书害羞得抬不起头。

“许念，你在偷笑啊？”何夏秋扳着许念的肩膀审视着。

“哪有，我没有偷笑。”许念辩解。

我凑过去一看，尽管许念摆出一副不苟言笑的样子，但她的演技太过拙劣，根本无法隐藏住她嘴角上显露出的暗自窃喜。

许念你以后可做不了演员。

我把那封情书按在手下，问许念："这有什么可高兴的啊，全是些不知道从哪儿抄来的肉麻句子，读着都让人泛起一身的鸡皮疙瘩，这抖下来，都有一斤重了。"

许念和何夏秋用鄙弃的眼神看我，觉得我描述的画面更加令人起鸡皮疙瘩。

"你以前也收到过这样的情书吗？"我质问许念。

许念愣了下，然后不好意思地点了下头。

我有些不高兴，但还是算了，以前的敌人我也不认识，现在也不知道他们跑去了哪儿，似乎对我也构不成多大的威胁。不过现在这只癞蛤蟆，我一定要抓到他的狐狸尾巴。

"这张破纸我就没收了，你们俩转过头去，马上上课了。"我把那封情书胡乱地叠了叠，塞进了口袋里。

许念貌似还想要回去，但以她的性子也不好开口，只好放弃。

自习时，我又拿出那封情书细细研究起来。

"你笑的时候，眼睛里有个太阳。"

肉麻肉麻，有个太阳那眼睛不得被烧坏？真奇怪。

“我喜欢你，与爱情无关。”

与爱情无关，你干吗喜欢？脑子不好？

“这小镇空荡得全是人，又拥挤得没有你。”

什么乱七八糟的？莫名其妙。

“哪里有真爱存在，哪里就有奇迹。”

这句说得在理，真爱就存在于我和许念之间，我们之间就会发生奇迹。

研究着研究着，我就决定什么时候我也要给许念写一封匿名情书，看看她会是什么反应。

平静安和的校园生活总是会被学校举行的某些活动忽然打破，秋季运动会，唉，可有我这个体育课代表忙的了。

我们高一七班啊，似乎干什么都不积极，竞选个班干部都不积极，更何况参加这个什么劳民伤财的运动会。

我拿着运动项目报名表挨个儿乞求大家报一个吧，报一个吧。这画面和端着一只破碗站在街上乞讨要饭也并无两样，大多数人都熟视无睹，平时耳聪目明生龙活虎，这个时候装聋作哑身体抱恙的大有人在，我这个体育课代表当得心累，当得委屈。

只有走到董胖子跟前，我才似乎看到了希望，看到了最积极热衷于班级活动的那一分子。我想我任意说一个项目，他都会很自信，把手举得高高的，我劝他说这个项目不适合他，他就会把手举得更高，倔强地说他可以，拦都拦不住。

我站在董胖子身旁故意咳了两声，董胖子低着头假装没听见。

于是我用笔在他的桌子上敲了两下，他还给我装，逼得我只得在他头顶上用力来了一下，他才猛地捂着脑袋抬起头来看我，面露春光，笑得像个弥勒佛，一脸谄媚样：“哟，孝哥啊，吃了吗？”

吃吃吃，吃你个头！我怀疑这坨五花肉除了吃什么都不会，见人打招呼只会这一句，也不看看现在几点了。

但我还是保持镇定，和蔼地问：“董班长，你这是忙什么呢，这么专注啊？”

“没什么，没什么。”董胖子把手上的书丢到桌子上，两条胳膊平放在桌子上，像个小学生似的乖巧。

“那董班长如何看待这次的运动会？”我问。

“元……元芳你怎么看？”

元芳？元你个大狗头，还敢给我开玩笑，我抬起手上去就要揍他。

董胖子立马闪躲：“我……我这么看……”

我按捺住自己激动的心情，等着他的回答。

“嗯……运动会可以强身健体，娱乐放松，有助于培养勇敢顽强的性格、超越自我的品质、迎接挑战的意志和承担风险的能力……”

这说的都是啥？我听得是云里雾里的。

我赶紧扼制住董胖子道：“行了行了，别背了，就说你要参加哪个项目吧。”

董胖子立刻摇手说：“我不行，我不行。”

我看到他这副畏畏缩缩不自信的样子，就为他的家长感到丢脸，祖国的花朵怎么是这副样子，也恨不得把所有项目都给他报一遍，让他说不行。

我冰冷着脸死盯着董胖子，董胖子立刻又吓得不敢说话了。

“必须报一个！”我厉声道。

董胖子惊得额头鼻尖渗出了冷汗，然后颤颤巍巍地说：“那我……我报铅球吧？”语气很不情愿。

“很好。”我开心地在铅球项目后面写下了董胖子的名字——董帅。

最终，在苏菲亚的协助下，所有项目参加者才得以落实。

何夏秋这种女生只能坐在台下吃零食、喝饮料、晒太阳，没一点儿用处。而我的许念小仙女呢，我才不忍心让她去参加这种血腥暴力的竞技运动，她安静地坐在那里负责貌美如花就够了。

我呢，身为体育课代表，自然也自愿报了很多项目。苏菲亚我可够给你面子了，以后我要是犯了什么拿不上台面的小错误，你可也要给我个面子，让我有台阶可以下哦。

学校总会有些谜一样无法解释的定律存在，比如运动会必下雨。

优秀的和光中学可不会违背这些定律，秋季运动会开幕式还没有结束，天上就忽然下起了让人猝不及防的大雨，台上的校领导一个个如女娲手中还未成型的泥人似的在雨中仓皇而逃，只剩下我们这些学生还整齐地镇守在操场上。

苏菲亚躲在预先准备好的雨伞下大声叫喊着：“不要乱动，不要乱动，雨很快就要停了。”

我抬头看了看天，这雨越下越大，还指不定什么时候能停。于是，我揭竿而起，大叫一声：“同学们，别傻了，赶紧回教室啊！”

于是所有人躁动起来，难民似的涌向教学楼。

而我赶紧边脱下自己的校服边冲到许念身边，把校服撑在了许念的头顶上。

许念一抬头，看到是我，她惊讶了下：“啊，盛柏孝啊，怎么是你啊？”

我皱了皱眉，除了我还能有谁。我想现在我和许念算不算两人独处在一个屋檐下，二人小世界，想想都开心。

然后我听到何夏秋的声音："你俩干吗呢？还不跑啊？"

我抬头一看，何夏秋躲在江晨的校服下已经跑远了。

"别愣着了，赶紧跑吧。"我对许念认真地说道。

"明明是你在发愣好吧，也不知道在想什么呢。"许念抱怨。

"啊，是吗？"我笑着，许念说什么都对。

电影里才会出现的唯美的淋雨情节，我想不仅女生会去幻想，男生也可能会幻想，女生可以躲在男生的衣衫下，男生可以为女生撑起短暂的避雨港湾，两个人就共同制造出了浪漫的画面。

许念，我现在多希望教学楼遥不可及，那样我就可以一直保护着你。

就在我和许念跑出了羡煞众人的浪漫画面时，忽闻人群中传来一句："打雷啦，下雨啦，回家收衣服啦。"

简直大煞风景，破坏了我刻意营造出的浪漫画面，可恨。

这时候我注意到了沈士生，他一个人很快就消失在人群中，而在他身后不远处，我又看到了余婧，也是一个人，竟然没人为她挡雨。

沈士生这个低情商的人，这种告别单身的机会都不知道珍惜。

一直到第二天，天空才逐渐放晴，操场上的积水也干得差不多了，运动会才得以正式开始举行。

我们七班大喊着口号："发型到位，气质高贵，我们呐喊，七班万岁。”

当我跑过我们班级的时候，我鄙视这些人热烈的呐喊声，只会在场下过嘴瘾，怎么不上场体会体会跑道上的滋味，当然我也看到了许念站在最前面，为我加油呐喊。

“盛柏孝，加油！盛柏孝，加油！”

哎呀，顿时动力十足，尽管现在头发已经杂乱无章，但我此刻已经不那么在乎形象了，只闷着头一个劲地加速跑，为了许念而赢得荣誉。

我侧过头看了眼跑在我旁边的沈士生，万万没想到这个家伙也会来参加运动会项目，真是不可思议。

我边跑边问：“喂，沈士生，你怎么也来参加这种无聊的项目了？”

沈士生看了我一眼，眼神中似乎透露着不屑，什么都没说。

于是我们并肩跑过三班，然后听到三班的口号：“凌云赛场，斗志昂扬，铁血三班，锐不可当。”

这口号可真够俗的。

还有几个小女生和沈士生的漂亮班主任在为他呐喊加油：“沈士生，加油！沈士生，加油！”

我一直在想为什么沈士生的班主任年轻漂亮又温柔，而我的班主任苏菲亚虽然也还算漂亮，但脾气就有点儿糟糕了，要是苏菲亚有人家的一半温柔，那就太好了。

算了，不想那么多了，事到如今我也只能慢慢适应环境了。我继续闷头跑，这时候我竟然又看到了余婧，她紧张地盯着我看，好像我要跑去炸碉堡似的。

我本想跟她打个招呼，但我又忙着跑步，来不及打招呼，所以只好跑过她。只是在跑过她的时候，我竟然听到她给我喊“加油”，可真荒唐，沈士生可在我旁边，她不给三班的人加油，给我加什么油，是不是刚刚跑糊涂了？

在我们男子200米赛跑之前，先是女子200米赛跑，我看到余婧也在赛场上，而且光彩耀人，引人注目。一是因为她穿着很专业的比赛服；二是因为她身姿曼妙，摄人心魄，所有男生都在关注着她，包括我，但我是为了看看她实力与装备是否成正比。结果令我瞠目结舌，余婧以小组第一的成绩直接进入决赛。

相比起来我和沈士生的穿着看起来就太不专业了，如果不是有太多人看，我估计沈士生都会穿着白衬衫来参加比赛。有时候他很讲究，有时候他可真不讲究。

最后我们两个几乎同时跑到终点，双双进入决赛。

我喘息着对沈士生说：“我刚刚可没用尽全力跑，决赛时候我可不会手下留情的。”

沈士生勾着嘴角笑了一下，似乎是在挑衅我，等我来战。

比赛匆匆进行，我又陆续参加了好几个项目，简直忙得不可开交。我想我再这么跑下去我可能会累死过去，但苏非业这个时候热情得有点儿反常，又是给我递水又是给我揉腿捏肩的，有一瞬间我恍惚觉得她是冲我用生命换来的那些奖品而来。但我怎么可能因为她的一时殷勤而轻易被感动呢，我这些奖品可都是要赠予我的许念小姑娘的。

紧接着又到了男子 200 米决赛，我的状态已经不是最佳了。这期间我发现原来沈士生就只参加了那一个项目，那么我的体力肯定不如他了，要想赢他还真是有点儿困难呢。

沈士生啊，沈士生，你可要手下留点儿情啊！

不行，我怎么能这么想呢，我要和他来一场全力以赴的公平竞争，不找任何借口，那么沈士生你就用尽全力地跑吧，让我看看到底咱俩谁跑得更快。

枪声响起前，我转头对沈士生说了句：“你加油！”

沈士生回道：“你也是。”眼神中充满了坚毅。

或许这短短的 200 米跑决赛是我们俩人生中彼此之间最为认真的一次竞争，在此之前以及以后，我再也找不出我们什么时候彼此都万分认真地竞争过其他的任何事情。

但最终沈士生输给了我，我不知道是不是他故意输给我的，还是那个时候我真的很能跑。赛后，沈士生竟然也会破天荒地恭喜我在运动方面赢了他，我也会谦虚地说洒洒水啦。

我心情愉悦地斩获了男子200米赛跑的第一名，但看着沈士生擦着额头上的汗水转身回到班级的背影时，不知道为什么，我居然莫名有一种说不上来的奇怪感觉，就好像我并没有赢他似的。

这时候余婧出现了，她递给我一瓶水。我皱了皱眉，但还是接了过来。

“你跑得很不错啊。”余婧一脸惊喜状。

“你也是。”我回道。刚才余婧也夺得了女子组200米赛跑的第一名。

这时候我看到了许念，她从远处朝我跑了过来，我开心极了，于是冲余婧抱歉地笑了笑后，我立刻跑过去迎接许念。

“许念，我刚才跑了第一呢。”我兴奋地说。

“我看到了，你跑得真快啊。”许念看起来也很高兴。

“还好还好，那这个第一名的奖品我送给你做生日礼物吧。”我笑着说。

“啊，我生日还没到呢。”许念有些讶异。

“没关系，就当我补给你上个生日的礼物吧。”

“这样不好吧，这可是你赢得的荣誉呢。”许念有些不好意思。

“无所谓无所谓，我还有好几个奖品呢，嗯……当然我也会送给何夏秋一个，你就接受吧。”我知道许念一定不想无缘无故接受我的礼物，于是我只能拉出何夏秋，她可跟着沾光了。

许念犹豫了下，然后微笑着说：“那就谢谢你啦。”

我也微笑，觉得许念能够接受我的礼物比我在马路边捡到几百块钱都要开心。

“没想到你和沈士生从预赛能一起跑到决赛，刚才看着沈士生差点儿就要赢了你呢。”许念说道。

“嗯，他跑得也挺快的，不过我更幸运些。”我嘻嘻地笑着。

两天后，运动会所有比赛项目陆续结束，值得一提的是，董胖子在铅球项目上还取得个名次，现在正抱着赢来的奖品偷偷乐呢。

第五章

让我给你写封情书吧

运动会结束，所有人又要赶紧投入到紧张的学习生活中，而我也要投入给许念写一封匿名情书的计划中了。

我翻出之前从许念手中没收的那封情书再次研究起来，准备学习下如何写那种最能打动女生的肉麻情话，但是我迟迟无法下笔，既不想写得庸俗，又不想写得做作，还真是伤脑筋啊！

董胖子大概是因为在铅球项目上取得了名次，最近看起来像只下蛋公鸡，走起路来趾高气扬的，尾巴都快要翘到房顶上了。

这让我不得不在百忙之中抽出点儿宝贵的时间，来深思熟虑下要如何打压打压董胖子这腐败的官僚之气，只是我需要个光明正大的理由，但又暂时想不出来，所以只好先搁置。

那天我趴在桌子上闭着眼睛思考晚餐要吃什么，我想到了红烧五花肉，然后忍不住咽了口唾沫，在我幻想着夹起一大块肥美的肉正要送进嘴里的时候，我居然真的听到了“五花肉”开口说话了。

我猛地睁开了眼睛，果然董胖子这坨五花肉正笑吟吟地站在许念的身旁。

“就是这道题我不太会做，你给我讲解讲解吧。”董胖子的声音听着可真欠揍。

我从桌子上爬了起来，叉着腰盯着董胖子看，但他似乎没有察觉到我在看他，还是满脸堆着笑。我刚想伸手像上次一样把他的书夺过来说我给他讲解，但又想到了上次期中考试董胖子考了第二名，而我却名落孙山，竟有点儿不好意思大言不惭地说那种给人授业解惑的话，于是只好一脸凝重地看着许念耐心地给董胖子讲题。

董胖子在学习方面还真是要比我认真得多了，上课认真听讲，回答问题积极，不会的他会虚心请教别人，这让我一瞬间竟然觉得我上次打断董胖子问许念问题的行为有点儿不道德。而我一直说要假装问问题来和许念拉近关系，也一直未实现，主要原因是我觉得问问题的行为会显得自己很笨，但是我又自认为自己属于聪明的那一类。

想来想去，我还是决定在许念面前装一回傻，于是我也随意翻出一道物理题来请教许念。

我用笔戳着许念的后背：“许念，这道题超级难，你可要好好给我讲讲啊。”

许念回过头来，先是白了我一眼，我发现许念做什么表情都好看，然后她才用一种不耐烦的语气问：“哪道题不会啊？”

我把书塞给她：“就是这道。”我手指着那道题目。

“哦，这道啊，这不就是老师昨天才讲过的嘛，很简单啊。”许念说罢从桌子上翻出本笔记本来，打开放到我眼前，“这里有详细的解题步骤，你认真看，很容易懂的。”说完就转过身去。

我捏着许念的笔记本，盯着她的马尾笑得很洒脱。

不知道什么时候开始，我只关心许念的视线居然分出去百分之三给了董胖子，但我对董胖子不是关心，而是观察，因为我觉得他很不对劲。

当许念抱着一沓英语作业出现在班级门口的时候，董胖子会在我屁股离开椅子之前先一步出现在许念的身边，浑然一个灵活的胖子，然后热情地接过许念手中的作业本，帮她一起发作业。这画面美好得让人无法直视，果然是皇上不急太监急。

董胖子会把自己都舍不得吃的猪肉脯贡献出来分给许念几包，

有时候看到我刚好也在，也会勉为其难地顺手放一包在我桌子上。

“孝哥，你也吃一包吧。”董胖子笑着，好像我已经认了他这个干弟弟似的。

我可是两袖清风正大光明的班干部，才不会接受董胖子这种小恩小惠，以免遭人诟病，日后难做人，于是我拒绝了他的好意。

董胖子无奈，只好拿了回去。

许念又回过头来，把她手上的猪肉脯分我几包：“盛柏孝，你吃吧，我发现你都没有吃早餐的习惯，还是要养成吃早餐的习惯好。”

我有些惊讶，我不吃早餐这么小的事情许念都发现了，还真是够关心我的，于是我开心地接过许念给的猪肉脯。

这大概属于许念送给我的爱心早餐，真让人舍不得吃掉啊！但转念又一想这原本属于董胖子的，那董胖子是以什么名义送给许念的？我想了想应该是报恩，许念给他讲了那么多题，对他也算是恩重如山，董胖子理应滴水之恩涌泉相报。

董胖子这些日子宛若一只从动物园逃回大自然的老虎，放荡不羁，在班里称王称霸，嚣张气焰日益渐长，真当我不理政事，任由他放飞自我。

就在我准备找他聊聊天的时候，我意外地发现了件足以震撼我的大事，那是因为我无意间多瞟了几眼董胖子本子上的字。这一看不得了啊，我立刻拿过来和那封匿名情书上的字迹做了比对，才发现信中的字迹和董胖子的极为相似。虽然他还刻意改变了字迹去写，但还是有很多笔画的习惯写法是没改变，这让我当机立断地认定那情书就是董胖子的杰作。

我哭笑不得，董胖子何来勇气写这封情书，而且那些语言简直比他本人看上去还要油腻。

我想需要趁机好好整整董胖子，左思右想了半天，觉得似乎没有什么比被喜欢的人拒绝要更让人难受了，于是我突发奇想决定把给许念写情书的计划再往后推一推，先代替许念回一封拒绝信给董胖子，好好灭灭他的气焰。

我借来许念的作业本，又好好研究了下她的字迹，深思熟虑后，开始模仿着许念的字迹和语气把简短的拒绝信写成了一篇八百字的长篇作文，然后趁人不注意，塞进了董胖子的书包里，高高兴兴放学回家的董胖子今晚一定可以看到这封“感人肺腑”的拒绝信。

我在信中给董胖子发了很多好人卡，说他学习努力，做事积极，长得白白胖胖又可爱，能贴上的好标签我全给贴上去了。一开始董胖子一定看得心潮澎湃乐呵呵的，但后面我就写道，其实许念不喜欢吃猪肉脯，因为吃多了会长胖，长胖就会变丑，变丑了就不能嫁给像盛柏孝那样又高又帅的人了。然后还故意装作说错了话，立马道歉，不是说董胖子又胖又丑，还是欢迎他有不会的问题可以继续来问，大家可以携手共同学习进步，我又故意画掉了“携手”两个字，最后郑重地落款签名，日期具体到几分几秒，还用红笔涂了食指指腹，用力地在名字后按下个鲜红的手印。

很讲究很严肃的一封信，我现在回想起来，都觉得有意思，如果哪个女生给我寄了这么一封拒绝信，那个女生我肯定一辈子都和她远远地保持距离，当然许念除外。愿董胖子有自知之明，眼巴巴地看着许念和我走我们的阳关大道，而他孤身一人去过他的独木小桥就好了。

翌日上学，我刚好撞见许念，于是我和她说笑着一同进入教室，我注意到董胖子朝我们看了一眼，又很快把视线收了回去，嘴巴一张一合地假装早读，一副什么事都没有发生的无所谓样子。

我猜董胖子回家后一定看了那封信，看完后一夜辗转难眠，心头滴了一晚上的血，早上从被窝里爬起来，脸上还挂有泪痕，然后边洗漱边安慰自己：没有关系没有关系，或许癞蛤蟆想吃天鹅肉的想法本身就是天方夜谭，或许盛柏孝才是真的和许念郎才女貌般配的一对，或许努力减肥瘦下来会变得比盛柏孝还高还帅。

想到董胖子万一心一横真的跑去减肥了，很多日子过后，他如一支潜力股似的变得又高又帅，我就吓得不由得紧张了起来，心里不断地祈祷着，愿董胖子在减肥的道路上是个半途而废的男人，愿董胖子永远是个可爱的大胖子，愿董胖子即使瘦下来也依旧不好看，这样想想我就心理平衡了不少。

今天董胖子安静了不少，只闷头写字看书，头都几乎没有往后面转一下，更别说屁颠屁颠地跑过来找许念问问题了。

但是令我担心的事情在逐渐发生：董胖子已经一天没有吃猪肉脯了。他不会是真的决心减肥了吧，但愿只是暂时吃完了。在体育课上董胖子也是一言不发地疯狂跑圈，那架势真的有种不跑到体力耗尽不罢休的气势，看得我不寒而栗，以为那封信言辞太过，刺激坏了他大脑的某根神经，让他不知道饿也不知道累。

如果真是这样，那董胖子要是身体或者精神上出了什么问题，岂不就是我的错？那我就罪过大了，我可能后半辈子都会在悔恨中度过，那我宁可没写过那封拒绝信。

在我臆想一整天后，庆幸的是我又看到了董胖子开始吃猪肉脯还有其他很多零食，暴饮暴食，终于恢复到了我认识的董胖子该有的样子，我欣慰了不少。

我最近除了待在教室里，也常常出入篮球馆，主要是在不久后我们学校和另一所学校一年一度的篮球赛就要开始了。这就像牛津和剑桥的划船比赛一样成了两校的传统，这是第二年。

像我这样对所有比赛项目都不是很感兴趣的人，却对这次的篮球赛跃跃欲试，兴致勃勃地很想在篮球场上一展风采。

杨熠告诉我说：“只要你最近坚持来训练，我到时候就派你上场做首发。”

听他这么一说，我立即就答应下来了，还真是勤奋地天天来训练，每天训练得满身大汗，精疲力竭的。

连江晨都不敢相信我有这般毅力：“你玩真的啊？”

我看了眼江晨，他保持着惯有的姿势，我反问：“不然呢？”

江晨皱了下眉说道：“身旁少个时时刻刻都在睡觉的人还真是让人不习惯。”

我无言以对，发现江晨说话越来越像沈士生一样刻薄。

许念回过头来说：“盛柏孝，你好好打，到时候可能的话，我们都去给你加油。”

一听许念说要给我加油，我顿时就热血沸腾兴奋得不得了，恨不得马上就参加比赛，我马上就能在许念的加油声中漂亮地运球、做假动作、过人、起身、跳投。

何夏秋也转了过来，兴奋地说：“我也去我也去。”

“你去干吗？”我皱起眉。

“加油呀！”何夏秋看着我，“不过，我才不给你加油，我给那个篮球队长杨熠加油。”

“人家又不认识你。”我说。

“这又不妨碍我加油。”何夏秋看起来很神气。

几天后，篮球比赛正式打响，事实上这场比赛与我想象中的简直是天壤之别，比赛定在周末在对方学校的篮球馆举行，没有横幅，没有奖杯，更没有多少观众。

我看着杨熠讶异万分道：“队长，这和我预想的不一样啊！观众都没有。”

杨熠撇了下嘴，郑重其事地说：“有没有观众都一样，比赛不是表演给观众看的，而是用来证明自己、证明团队的，认真打好这场比赛就够了。”

我有些心灰意冷，有没有观众我打球的状态完全是两个样，再往观众席上望去，除了硬生生被我拽来助阵的沈士生，还有三三两两随意乱坐的几个人，观众屈指可数，许念和何夏秋更是不见踪影。

我长叹一口气，抱歉地对沈士生笑了下，无奈地开始了简单的赛前热身运动。

几分钟后篮球赛正式开始，我在场上奔跑着，传球、接球、投篮，总感觉许念没有来我都没有多少动力和激情，投一个空一个，打得索然无味。

“盛柏孝，认真点儿，积极跑位！”杨熠叫道，他倒是斗志激昂，打得极其认真。

我注意到观众又陆续走了几个，只剩下沈士生，他似乎也有些不耐烦，有几次低着头，我都怀疑他快要睡着了。

我在球场上跟着大家来回跑着，半天进不了状态，两队比分也在逐渐拉大，在对方后卫连续两次从我手中抢断球后，这才瞬间激怒了我，心头猛地燃起一把烈火，真当我盛柏孝只是来凑人数的啊！

我终于进入了状态，跑位也变得积极起来，比赛还真不只是表演给观众看的，更是用来证明自己，证明团队的。

于是我越打越认真，对方球员对我的表现都大吃一惊，不得不刮目相看，我想我这股子认真劲如果放在学习上，我和沈士生谁是年级第一还不一定呢。

沈士生这才抬起头，觉得比赛终于有点儿意思了。

我打得激情四射，运球、过人、抢断、上篮，仿佛瞬间脱胎换骨，科比附身，我听到对方有人在感慨，他一定认为我绝对配得上“和光小科比”这个荣耀的称号。

在我的带领下，比赛节奏越来越好，比分也一点点地在缩小，杨熠也几次把手上的球传给此刻手感极佳的我，我想他是信任我的，我想他可能回去就会退位让贤，把校篮球队队长的职位拱手让给我，想想竟然有点儿忘乎所以。

我打得兴奋，带球强行突破，一套完美的欧洲步上篮，展示了自己灵活的脚踝和腰部，却因为动作太快，对方中锋防守太严，一个大盖帽把我活生生地从半空中像拍蚊子一样拍了下去。

我“啊哟”地大叫了一声，摔倒在地上，我想我恐怕是无法带领这个队伍继续比下去了，腰扭伤了，疼痛难耐。

队友目不忍睹地看着我，只得先换我下场了，而这时候唯一一个替补，却不知道跑哪儿去了，比赛还得继续，杨熠有些焦急。

我忽然注意到了观众席上的沈士生，于是咬着牙建议：“沈……沈士生可以替我打。”

杨熠看向沈士生，想法一致，这是目前唯一的办法了。

于是，我们挥手示意让沈士生下来。沈士生皱了皱眉，没想到自己一个观众现在却要临危受命，帮忙打完最后的比赛。他也无法拒绝，只得脱了外套，穿着件白衬衫就跑了下来。

沈士生现在和我身份交换，我坐在场下成了一名光荣的观众，而他成了一名球员。看着沈士生穿着一身格格不入的衣服在球场上跑动，我竟觉得有点儿想笑，但他眼里透露出来的沉着冷静又让我有些笑不出来。

我以前总说沈士生像我的影子，怎么甩都甩不掉，但有时候我又觉得他更像是另一个截然相反的我，我欠缺的某些东西他似乎都有，我甚至觉得有很多时候他也可以替代我，就像现在这样。

沈士生的上场让比赛的节奏变得缓了下来，他沉稳地运球投篮，配合着队友把比分越拉越小，这反而渐渐打破了对方的节奏，让对方五个人逐渐乱了阵脚，彼此间的配合不断出现失误。而我方越打越好，很快比分就被追平，特别是沈士生最后几个致命的百分百命中率的投篮彻底把比分反超。

时间到，比赛结束，和光中学拿下了这场比赛。

沈士生赢得了掌声，对方也输得心服口服，而我也不禁为沈士生呐喊鼓掌。

“可真没白换你上场啊。”我笑嘻嘻地拍着沈士生的肩膀。

沈士生闪躲开来，然后勾着嘴角笑了下，大概球场上共同赢得的集体荣誉更加令人光荣骄傲吧。

打完比赛，我在沈士生的搀扶下一步一步地往坐公交车的方向挪动，却恰巧在路上遇到这个小镇上不该出现的不和谐的一幕。

远远望去，好像是两个社会上的小混混正围堵着一名学生模样的女生，不知是要劫财还是劫色。这一幕让我这曾经梦想要成为一名职业警察的社会正义青少年顿时勃然大怒，说什么也要立刻上去抱打不平，行侠仗义，维护社会治安。

可刚一摆脱沈士生，腰间的疼痛霎时令我意识到我现在过去就是“送人头”——帮倒忙。

这时候沈士生说了句：“我去。”

我闻声，侧过头来看沈士生，不理解他口中这两个字的含义，但他眉宇间藏不住的刚正之气顿时让我觉得他的形象变得和我一样高大，脑海中瞬间演绎了一番沈士生即将英雄救美的英勇画面，而英雄救美后，或许紧接着沈士生就能抱得美人归，我替他想得可真好。

沈士生紧盯着那个方向，刚要抬起步子赶过去制止这场犯罪行为，却不料，这时一辆单车“嗖”的一下风驰电掣般从我俩眼前飞过，速度快到我俩一下子都没来得及看清。

我和沈士生都稍稍愣了下，没想到百年一遇的英雄救美机会就要被人抢走了，我们赶紧又追随那单车上的人影望去，诧异地发现那人居然是杨熠，比赛时身上穿的32号球衣还没换掉。

我惊呆了，不知道杨熠出现得是不是时候。

而接下来的画面令我和沈士生更加瞠目结舌，大为吃惊。

远远看去，杨熠快速逼近那俩人，大声喝止，那俩人回头看了他一眼，却也没有着急逃跑。杨熠的车子还未停下，他就直接从车上跳了下去，车子摔出去几米远。

杨熠和那俩人似乎交谈了一两句，那俩人反而转身要对杨熠动手，只见杨熠临危不惧，一拳便砸向其中一人脸上，那人当场被KO，倒在了地上。另一人吓了一跳，从兜里掏出了一把刀子，叫喊着扑向杨熠，却不想杨熠一个闪躲，便躲开了那人的刀子，然后一脚直接踹向那人的后背，那人摔了个狗吃屎，手上的刀子飞出去好远。

我的天，我看得一愣一愣的，万万没想到杨熠身手这般了得，顿时我想替代他成为校篮球队队长的念头就打消了。

沈士生大概也看得惊讶，再平静淡定的脸上也流露出对杨熠刚才举动的敬佩之情。

那两个混混从地上爬起来，落荒而逃，我在沈士生的搀扶下也赶紧走了过去。

过去后，我才更惊讶地发现，那女生不是别人，竟然是何夏秋，现在她正仰着脑袋一脸崇拜地望着杨熠。

我在何夏秋身边大声叫道："何夏秋，怎么是你啊？你怎么会出现在这儿啊？"

但何夏秋什么都没有回答，满脸洋溢着甜蜜幸福的笑容，就仿佛杨熠是她等了十几年的盖世英雄，现在脚踏两轮单车，身披32号球衣，在我和沈士生的瞩目下，救她于水深火热之中。

我看何夏秋这犯花痴的样子，不得不给她来了个栗暴，把她从梦中唤醒，让她清醒地看到现在除了杨熠这儿还有两个大帅哥呢。

何夏秋“啊”地叫了一声，然后冲我吼道：“盛柏孝，你有……”

我一猜她就要蹦出“病啊”这两个字，但她又硬生生咽了下去，然后变成了“你怎么也在这儿啊”，声音变得格外温柔好听，像许念一样。

我怎么在这儿？我身上的球衣还没脱掉呢！何夏秋你是被杨熠迷傻了吧。

但何夏秋却等不及我开口说话，又转过头去看杨熠，轻声细语地说道：“那个……刚才谢谢你了，如果不是你及时出现，我可能就……”

可能就怎样啊？没有杨熠，还有我和沈士生呢。

“没啥没啥，举手之劳而已，对了，你们俩认识啊？”杨熠看着我和何夏秋。

“当然认识，我们俩一个班，前后桌。”我回道。

“沈士生，你也在这儿啊？”何夏秋又看向沈士生。

沈士生则一脸茫然，不知道这女生怎么也认识他，只微微点了点头。

我们四个一同走了一段路程，我才得知原来何夏秋是专程赶来看比赛的，来晚了还遇到两个混混。不过，这次的遭遇，何夏秋认为是值得的，这样她就歪打正着地与杨熠算是认识了。

我偷偷问何夏秋："许念怎么没来啊？"

"我哪知道啊，你自己去问她呗。"说罢，何夏秋又追上杨熠继续表达感谢之情。

周一上学还没等到我先问许念怎么没来看比赛，许念倒是先来给我道歉："盛柏孝，对不起啊，那天临时有事实在没法去现场给你加油，不过听说你们打赢了比赛，祝贺你们。"

我这么一听立刻摆手道："没关系没关系，不用道歉，一场小小的比赛而已，以后机会多的是，到时候给我加油就好了。"

许念微微笑着。她的笑容总是那么治愈，我都感觉还未完全恢复的腰部一下子就被治好了。

何夏秋转头向我打听杨熠有没有女朋友，我说没有，又向我打听他喜欢什么样的女生，我说不知道。

于是何夏秋转回去，思考了一整天，临近放学的时候，转过来对我们宣布了一个重大的决定——

"我决定，我要追杨熠。"

语气中肯坚定。

我大吃一惊，这何夏秋走花溜冰，什么大话都敢讲。

许念也难以置信地问："何夏秋，你说的是真的吗？"

江晨也皱了皱眉，变换了姿势，目光落到了何夏秋不像随便乱说的脸上。

两天后，在我们半信半疑的期待中，何夏秋终于捏着只写着“我喜欢你，你喜欢我吗？”的半张字条就单刀赴会找杨熠去了。

几分钟后，何夏秋又跑回来了，娇羞地趴在桌子上“咯咯”地偷笑着。

我抓起她问：“情况如何？”

她甩开我继续趴在桌子上乐不可支。

我半信半疑地继续追问：“难道成了？”

何夏秋没理我。我想一定是没成，所以她这是悲极生乐，自嘲的行为。

接下来的两天时间，何夏秋变得和之前一样，对杨熠也只字未提，我都有点儿怀疑她那张字条压根儿就没有交到杨熠手上，或者杨熠说只把她当作妹妹一样看待。

就在我这么猜测的时候，何夏秋居然收到了回复，一张来自杨熠的字条。

她捏着字条激动不已，开心得恨不得立刻跳上桌子，指着全班同学的脸嘲讽道：“恕我直言，在座的都是单身狗。”样子十分招摇。

我一把从她手中把字条夺了过来，展开一看，上面写道：“我也挺喜欢你的。”

Are you kidding me? 我简直不敢相信。

后来当我看到杨熠第一次出现在我们班门口等何夏秋一起放学，当我看到何夏秋和杨熠肩并着肩走在一起，当我真从杨熠口中证实了他们荒谬地成功牵手后，我终于相信了，原来有时候只要够勇敢，敢于迈出第一步，爱情就是如此的简单。

许念，如果我也像何夏秋那样写一张字条，简单粗暴地开门见山直接问你喜不喜欢我，你会怎么回复我呢?

第六章

许念，我喜欢你，你喜欢我吗

“许念，我喜欢你，你喜欢我吗？”

我把这句话在纸上写了几十遍，但没有一张我真的敢塞到许念的手中，于是我只得把那些字条揉成一团扔进了垃圾桶。

我盯着许念的马尾踌躇，我揣测她的心理，我幻想若是某一天她知道了我喜欢她，她会说什么，她会怎么办。

有一万种可能，我便想了一万种可能，但每一种可能的结局我都会想到她最终还是和我走到了一起。

许念，本来说想要给你写一封匿名情书看看你会做何反应，但现在想想觉得大可不必，或许我真的需要用心真诚地写一封，后面署上我的大名，郑重诚挚地亲自交到你的手里，那时或许我才能亲耳听到你真实的想法和感受。

何夏秋成了我们几个人里第一个脱单的人，我正趴在窗台上看着球场上杨熠手把手地教何夏秋如何运球，羡煞我也。

而江晨也在我身旁，手撑着脑袋靠在窗台上，眼睛却未游离在窗外，而是闭着的，似乎并不想往楼下多看一眼。

我坐了回去，盯着江晨看了几秒，然后问道："你现在有什么感受？"

江晨没有回答我，但我猜想他心里一定在流血。

我撇了撇嘴，轻叹了一口气，继续说道："女生真喜欢男生的表现是勇敢，而男生真喜欢女生的表现是胆怯。"

江晨眉头微微皱了皱，似乎在思考我这句话的深意，但什么也没有说。倒是许念闻声回过头来，用奇怪的眼神瞥了我一眼，嘴巴动了动，欲言又止，又转了回去。

在我继续掰着指头见证何夏秋和杨熠的恋爱能维持多长时间的同时，我竟意外地收到了一份爱心早餐——牛奶和面包。

那天我急匆匆跑进教室在座位上坐下，边喘着大气时，就发现我的桌子正中央摆放着一份早餐，我以为是江晨的就给他推了过去，结果他又给我推了回来。

我疑惑："不是你的吗？"

江晨摇了摇头。

我问："那这是谁的？"

江晨又摇了摇头。

我纳闷，以为是谁放错了地方，就没好意思动，一直在我桌子上放了半天也没人来认领，于是我毫不客气地在无聊的第一节课上就把这份早餐帮忙先给解决了，总不能白白扔掉浪费了吧。

然后我就呆呆地在座位上等着什么时候跳出个人来，指着我的鼻子要我赔他的早餐钱，而我也可能要无赖说放在我桌子上的东西就是我的，赔钱这种操作是不存在的，但是这样的等待一直延续到这天放学都没有等到任何人出现，可真奇怪。

次日到校，走近座位的时候，我怔住了，桌子上居然又有一份爱心早餐——豆浆和油条，还换了花样。

我坐了下来，环顾四周，但未捕捉到什么可疑的人物。那这份早餐又是谁故意放到我这儿的？我百思不得其解。

于是我边吃边思考，吃着吃着我就想到了白雪公主，想到了毒苹果，然后我不可思议地看向了手中的豆浆和油条。我吓了一跳，立刻把嘴里的东西吐了个干净，心想这该不会也是份有毒的爱心早餐吧。那又是谁煞费苦心这么来陷害我呢？

我左思右想，想到了最可疑的一个人——董胖子。一定是董胖子，他可能发现了那封拒绝信是我写的，所以怀恨在心，用这种小人手段来置我于死地。

我继续联想，与此同时，我注意到董胖子背着个书包急匆匆踩着点跑进了教室，由于他坐到座位上的动作幅度太大，撞到了前后桌，引发了一阵埋怨声，董胖子连忙哈腰道歉。

而我此刻排除了董胖子的嫌疑，比爱心早餐来得还晚，这怎么可能是他给的。于是，我继续吃。我挨个儿排除班里所有女生，貌似对我有好感的几个女生平时对我也是敬而远之，只远远地关注和崇拜，至于什么爱心早餐，不收钱送给我还不如自己吃了算了。

只是排除到许念这里的时候，我停了下来。我怎么最开始没有想到可能是许念呢？记得许念是班里第一个发现我没有吃早餐习惯的女生，上次还提醒我说最好坚持吃早餐，那么很有可能是她实在看不下去我这个坏习惯了，所以给我买早餐，为避嫌所以偷偷地放到了我桌子上。

我越想越觉得这就是事实，所以许念才是那个最有可能献爱心的人了。

这时许念从外面进来了，我想大概是我嘴里塞得满满的，吃相有点儿狼狈可笑，所以她盯着我先是露出了个奇怪的表情，然后又笑了笑。

我憋着圆鼓鼓的腮帮子，极力回以阳光一样的微笑，就差补上一句“谢谢你的早餐”，但我想想或许这是我们两人之间的秘密，她静静地送，我静静地吃，我们双方心知肚明不拆穿最好。

我盯着许念的马尾越吃越开心，甚至我都开始猜测明天我的桌子上又会摆着什么样的早餐。

第三天，是包子和热饮，又换了花样，虽然这个包子馅儿我并不是很喜欢，但我依然吃得津津有味，吃得忘乎所以，吃得吧唧吧唧作响。

许念转过来皱眉看我，我立刻收住了声音，咀嚼的样子矜持得像是沈士生。

许念笑了笑道：“你开始吃早餐了啊？”

我点点头，没想到许念还给我装，那我就配合她，假装什么都不知道，就一个劲地闷头吃。

“吃早餐很重要，你可要一直坚持吃啊。”许念温馨提示。

我继续点着头，心里乐开了花，想着只要许念你坚持送，那我就坚持吃。这样固然很幸福，但是我又有点儿担心这样下去许念的零花钱会不够用，还真是有点儿麻烦啊，所以我必须尽早想个办法，阻止许念一直这么无私地为我奉献下去。

天气转凉，活跃在操场上的学生也逐渐在减少，只有篮球队那些不分四季不知冷暖的热血青年，依然在这个时候穿得单薄地在球场上奔跑，仿佛在向所有躲藏在教室里的学生昭示一个合格的青少年该有的不怕冷精神。

而在教室里提前穿上秋裤，还捂着热水杯的学生则透过玻璃窗看球场上的那些青少年，心想着这些人是不是真的不知道冷是一种什么样的感受，还是只是为了证明自己年轻气盛火气大。真可笑，一群不知天高地厚只要风度不要温度的愣头青，耍什么帅。

有时候偶尔也有几个认识的喊我下去凑个人数投两个，但我都回绝了。不是我怕冷不够热血，也不是我不够有体育精神，而是许念最近遇到了困难，需要我的帮助。

是不是很多女生在遇到数学问题时都会变得脑子不好使，有时候一个很简单的问题都半天转不过弯来，许念最近也陷入了这种魔咒，唉声叹气的，上一节数学课，就愁眉苦脸一整天。

我看着也跟着发愁，我拍了拍许念的肩膀问：“怎么了，长吁短叹的？”

许念转过来，愁容满面，撇着嘴抱怨道：“还不是刚才的数学课，今天我又没听懂，你说函数怎么这么难啊？”

我朝黑板上还没擦掉的乱七八糟的白色粉笔字看了看，皱了皱眉，然后说道：“函数……应该不难吧？”

“不难？你会吗？”许念疑惑的语气中掺杂着惊讶。

我愣了愣，眉头皱得更紧了，但还是不自觉地点了点头。

“你真会啊？那我现在能不能请教你几个问题啊？”许念有点儿兴奋，好像遇到了一台万能的家教机。

我连忙摇着头挥着手，现在问我，我肯定是啥都不会。

“怎么了？你不愿意啊？”许念瞪着好看的眼睛看我。

“不是，我愿意，嗯……只是我也有点儿小问题还不是很懂，我今晚回去搞懂了后，明天再一起给你解决问题吧。”我撒了个谎，我想我要为自己的谎言负责。

“太好了太好了，不过你有什么小问题，可以告诉我，说不定我刚好会呢？”许念微笑着。

我又连忙摇着头挥着手，这只是个借口，我都不知道我的小问题在哪儿。

“你不相信我啊？我还是稍微听懂了一点儿的。”许念说。

“我相信，我相信，嗯……我只是想独立思考下，感觉自己一个人解决了会更有成就感。”我笑着，心里却直哆嗦。

“好吧好吧，那你明天来的时候，记得一定要给我解决问题啊。”许念盯着我，语气有点儿要求的意味，略微有点儿霸道，让人既悲又喜。

我强笑着点着头，许念终于转了过去。

而我又注意到何夏秋正撑着脑袋目光紧盯着我，嘴角扬起个似乎看穿我不懂装懂的弧度。我心里一阵发毛，生怕她当众拆穿我，让我出糗。但她却一动不动的，十几秒后才眨了眨眼睛，会心地笑着转了回去趴在了桌子上，好像是想到了什么开心的事，敢情刚才是盯着我发愣啊。

我深吸一口气，余光又注意到江晨保持着他一贯的那个姿势也在盯着我看，面无表情的，莫非也是在盯着我发愣？我在他眼前摆了摆手，江晨把我的手打开，然后顺手从他的桌子上抽出一个笔记本来，塞到我面前。

我不理解，打开笔记本一看，我惊了一跳，居然是这几天他在数学课上做的笔记。我诧异地看向江晨，不知道他是怎么做到坐在我旁边，离我近在咫尺的距离还能背着我上课偷偷记笔记的，这是要抛弃我独自一人往三好学生发展的节奏啊！

看来以后就不是一路人了，我把笔记本给他推了过去，但手还未挪开又赶紧夺了回来。

“我用一晚上，明天还给你。”我把笔记本直接扔进了我的单肩书包里。

江晨笑了笑，大概他才是真正看穿我的那个人，知道我今晚将要披星戴月孤身一人与函数问题苦战三百回合了。

放学路上，我们迎着冷风骑着单车，我问沈士生："最近的函数问题是不是很难呢？"

沈士生说："不难。"

"你在数学课上有没有做什么笔记？"

"没有。"

"如果预习函数应该着手于哪些点呢？"

"不知道。"

我沉默，和沈士生这个年级第一话不投机，果然靠人不如靠己。

"你怎么突然关心起函数了？"沈士生总算主动问了我个问题。

我说："期末考试我要成为年级第一。"

沈士生沉默。

我继续说："单科数学我要考到年级第一。"

沈士生笑了笑，似乎在嘲笑我。

"你不信？"我问。

"信。"沈士生答。

于是后半段的路上，沈士生给我讲了一路的函数问题。

晚上回去匆匆搞定晚餐，我钻进房间，拿出了高三学子才该有的学习架势，一个人闷头趴在桌子上开始研究函数问题。这举动把我妈都吓了一跳，我妈端给我一杯咖啡，拍了拍我的头，一声不吭地就出去了，仿佛是把一个世界级的重任委托到我的手中。

我盯着散发着苦涩香气的咖啡愣了愣，不知道我妈知不知道这杯咖啡会让我今晚无法正常入睡。

片刻后，我想通了，或许这杯咖啡还是有必要的，于是我继续埋头研究函数，大有一股洗心革面重新做人的魄力。我想许念给我送早餐，我帮她解决数学难题，这也算是回报她了，虽远远不够，但我必定竭尽全力，为她披荆斩棘，亮剑三载。

次日，我拖着一具疲惫的身躯，带着两只胶粘住似的眼睛一路上迷迷糊糊地就到了学校。许念比我先来，低着头在看书，桌上的早餐还冒着热气，但我并没有食欲，现在只想好好地睡个昏天暗地。

我刚趴下，许念转过来敲了下我的桌子：“盛柏孝啊，你的问题解决了吗？”

我努力睁开眼睛，微微一笑。

“你熬夜了啊？”许念一脸惊讶道。

我轻轻摇了下头，这时候连张嘴说话的一点儿力气都没有。

“那你的黑眼圈怎么这么严重啊？”许念疑惑。

我大吃一惊，猛然睁大眼，跳起来一把抓过何夏秋正臭美摆在桌前的小镜子。何夏秋转过来就是大吼：“盛柏孝，你干吗啊？”

我没有理会，把眼睛凑到镜前仔细观察，哪有什么黑眼圈，倒是眼球上有点儿血丝，也无大碍。

何夏秋从我手中抢走镜子，我又趴了下来。

许念捂嘴笑得柔情似水，我睡眼惺忪地看得赏心悦目。

看着看着我就睡着了，中途睡得提心吊胆，睡梦中老感觉苏菲亚站在后门窗户外正直勾勾地盯着我，似要索命，而我也随时有可能被破门而入的苏菲亚突然袭击，拽起来就把我从四楼的窗户扔下去。

两节课后我睡醒了，睁开眼睛看到的不是许念可爱调皮的马尾，而是她明净清澈、灿若繁星的一双晶亮的眸子。

许念盯着我说：“还说没有熬夜，你都睡两节课了。”

“啊……”我表示不可思议，就好像我头一次在课堂上睡这么久。

“还打了呼噜。”许念笑着。

“啊……”我继续不可思议，许念现在越来越会开玩笑了。

“是打了。”江晨插了一句话。

我脸沉了沉，略显尴尬。

许念递过来一个本子，上面有几道函数题："这几个我都不怎么懂，你帮我看看。"

"好。"我接过来，一副我都会的样子，这让我想到了董胖子的自信。

结果出乎意料，我还真的都会，操着笔杆华罗庚附体似的在几分钟的时间内全给解决了。

许念看得瞠目结舌，江晨看得匪夷所思，何夏秋看都没看，真该拽她过来一起见证见证什么叫作惊世骇俗。

许念拿答案比对了下，惊讶叫道："全对了呀，盛柏孝。"

我强装镇定，这个时候更要淡定，才会显得自己更加厉害。这让我又想到了沈士生，拿了第一还低调到像是什么都不知道，内心早就开心得要死了吧。

"那你给我都讲讲吧。"许念凑过来。

"好。"我拿起笔，一步一步开始讲解。

我嗅着许念的发香怡然自得，越讲越来劲。这一瞬间，我想我要是和沈士生一样是个学霸，许念是个上进心极强却怎么都学不懂的笨女孩儿多好，那我就可以有更多的机会给她讲题。在这个过程中她会见识到我的聪明睿智，也可能会对我好感倍增，甚至有一天我可能会在我的书包里发现一封来自许念的匿名告白信。

我可真能想，毕竟并不是所有女生都会像何夏秋那样勇敢，当然也说不定某一天许念真的会那么勇敢一次。

我耐心地给许念讲解着，事实上这样的过程我压根儿是不会厌烦的，许念你的问题可以再多点儿难点儿，甚至一道题我可以讲几十遍也不会觉得多。

许念那么聪明，很快就搞懂了所有的题。她笑着跟我说："盛柏孝，我发现你超级聪明，如果你肯上课认真听讲，好好学习，我想下次你也可以来争夺班级第一的宝座。"

我笑了笑道："我才不争，累。"

许念，班级第一这个宝座就留给你吧，你可要坐稳了，别被董胖子给挤下去了。

许念嘟着嘴看我，可爱至极，然后说道："那谢谢你喽，有问题我还来问你。"

"不谢不谢，该是我谢谢你才对。"我也笑着，十分客气。

许念一脸疑惑："谢谢我？"

我看了眼桌上早已放凉的早餐。我想大概是许念还不想拆穿，所以一直给我装糊涂，于是我随机应变道："嗯，谢谢你，如果不是你的这些问题，我至今都不会知道原来我还会做函数题。"

许念微微笑着，样子十分好看。

我拿起凉透了的早餐开始吃，许念，谢谢你的爱心早餐，以后我会坚持一直吃早餐的，我边吃边笑着。

与许念在学习上交流多了，我才发现原来许念在数学方面真的不擅长，学过的很多知识也不是完全明白，于是我好人做到底，这几日连续熬夜，预习加复习地把整个数学课本从头到尾自学了一遍，把能做的题也都做了一遍，以至于现在我都敢信誓旦旦地打赌，一个数学随堂测验，我可以轻松取得个十分不错的成绩，我想那时候老师和全班同学都会对我刮目相看。

昨天熬夜太晚，第二天睡过头了，我一路飞驰，还是在铃声后才将将跑到了班级门口，大喘着气就要往里冲，但很不凑巧，是苏菲亚的课。

苏菲亚只抬了抬手，大喝一声“给我站到外面去”，便把我阻拦在了门外。

我大概是最近成熟了不少，居然没有和苏菲亚讲道理讨价还价的想法，转身就站到了门外。

苏菲亚气冲冲地把门摔上，我听到了里面苏菲亚暴跳如雷的声音:“以后迟到的就不要进来了,一人耽误一分钟,几十分钟就没了。”

我想了想苏菲亚这种算法是不对的，再说了我前前后后耽误的时间也不到五秒。

我在门外一个人站得无趣，于是走到后门，体验了下从这个位置监视学生上课的感觉。刚趴上去就把后排的几个男生吓了一跳，手忙脚乱地赶紧装作上课认真听讲，待仔细看清原来是我，他们和我隔着窗户吹胡子瞪眼地表演了一小段互喷哑剧，然后他们继续为所欲为。

我又偷偷地望向许念，发现许念有点儿心不在焉，大概是因为我没有坐在她后面所以有点儿不安。我嘻嘻地笑着，然后又不小心注意到董胖子居然趁我不在回头偷瞄了许念好几次，只要许念一抬头，他就立即转回去。

我看得咬牙切齿，恨不得冲进去把董胖子脖子拧断，让他不好好听讲老回头看。

这时候我肩膀被拍了拍，我一回头，大吃一惊，是苏菲亚。

“你在这儿看什么呢？”她问我。

我不确定地再往里面瞥了眼，苏菲亚果然不在讲台上。她什么时候出来的?

我赶紧转过身来，摇了摇头道：“没看什么。”

苏菲亚瞪了我一眼。她瞪人的样子可真难看，但她是善良的，她让我回了教室，不过是换个地方站罢了。

我现在站在教室后面的黑板前，许念回头看了看我，脸上露出同情的表情；何夏秋也看了看我，露出了嘲讽的表情。

董胖子也回头看了一眼我，我注意到他眼神里同时露出了坚毅和胆怯，我有些捉摸不透，但预测有大事将要发生。

我观察了很久，董胖子除了多次回头偷看许念外，也一直没有其他异样的举动。直到下午大课间，许念走出教室后，我观察到董胖子犹犹豫豫地起身跟了出去，我也赶紧机敏地跟了出去，看看这董胖子到底在预谋着什么。

这让我想到了螳螂捕蝉黄雀在后，当然我是断定董胖子就是在跟着许念，他一定是心怀不轨。

董胖子加快了脚步，我也跟着加快了脚步，在董胖子即将接近许念之时，我一把将董胖子抓住了。许念走进了办公室。

董胖子愕然回首，吓得直哆嗦："孝……孝哥，怎么是你啊？"

我把董胖子拖到了个没人的拐角，这胖子可真重。

"你在跟踪许念？"我质问。

"没……没有。"董胖子声音颤抖着。

"你当我瞎啊？"我揪着董胖子的衣服。

董胖子没有说话，怔怔地盯着我，这么冷的天脸上都渗出了汗。

"说，你跟踪她干什么？"我态度强硬。

董胖子还是不说话，以为缄口不言就可以把我轻易敷衍过去，当我是苏菲亚啊？！

“你是不是喜欢许念？”我问。

董胖子怔住了，眉头微微皱起。

“癞蛤蟆想吃天鹅肉？”我又问。

董胖子眉头皱得更紧了。

“你飞得起来吗？”我接着问。

董胖子眉头一舒，似乎豁然开朗，我松开了他的衣服。

“我告诉你，你别痴心妄想了，许念有喜欢的人了！”我紧盯着董胖子。

“谁啊？”

我一把又揪住了董胖子的衣服，想不到他好奇心比我还重，我反问道：“难道你看不出来吗？”

董胖子缩着，摇了摇头。

原来董胖子才是真的瞎啊，我又问道：“你看不到我最近天天吃早餐吗？”

董胖子边摇头边点头的，我真怕他脸上泛着油脂的汗溅到我的身上。

“那是许念给我的爱心早餐。爱心早餐，你懂吗？”我问。

董胖子点了点头，又接着摇了摇，说道：“不……不是吧？”

“不是？”

“那早餐……好像不是许念给你的。”董胖子说道。

“你什么意思？”我把董胖子揪得更紧了，希望他给个合理的解释。

“我有次来得早，看到是外班的一个陌生男生把早餐放在你桌子上的。”

“什么？陌生男生？”晴天霹雳，我简直不敢想象。

董胖子瑟瑟发抖地盯着我。

“你确定没有看错？”

董胖子摇了摇头。

我丢开董胖子，沉思了半晌，然后平心静气地说：“对许念你就不要抱有任何幻想了，你走吧。”

董胖子连忙点了点头，灰溜溜地跑掉了。

我不知道这次放走董胖子，他会不会彻底断了对许念抱有的不切实际的想法，但目前我更加好奇的是爱心早餐的真正来路。

我对许念还抱有一点点幻想，还是希望早餐是她送的。她回来后，我边给她讲解数学题，边旁敲侧击地随口一问：“你知道我每天的早餐从哪儿来的吗？”

许念抬眼看我，带点儿疑惑地说：“不是你那个朋友送的吗？”

“朋友？”我问，“沈士生？”

“不是，是另一个男生，我也不认识，就见过一两次。”许念说。

我转着眼睛左思右想，实在想不出来哪个男生这么好，不间断地给我送早餐。他是不是有什么企图，该不会是喜欢我吧？我毛骨悚然，不敢再胡乱猜测。

“怎么了？”许念问。

“没什么没什么，我们继续。”我边在纸上列着算式，边思索着来路诡异的早餐。

这天我将闹铃提前了半小时，起得很早，到校的时候，教室里还没有几个人，桌子上也没有早餐，我躲起来，守株待兔。

果然，没过多久，我就发现个男生从后门探个脑袋贼眉鼠眼地往教室里面张望了下，然后拎着一袋早餐匆匆地放到我桌子上，又急急忙忙地走了出去。

我跟了出去，大叫一声：“喂——”

那男生没有停下来，回头看我一眼，拔腿就跑，我连忙拔腿就追，俨然一场警察抓小偷的猫鼠游戏，从四楼追上五楼，再一直追下一楼，又绕着操场跑了个八百米。

我惊叹这小子速度真快，耐力也不错，要是能在上次运动会上碰面，那岂不是棋逢敌手，我也不至于高处不胜寒，饱尝无敌是多么寂寞的滋味。

我喘着气，边追边喊：“别跑了——别跑了——”

他回我：“别追了——别追了——”

但最终我还是追上了他，我们都累坏了，双双瘫倒在地上。

我死死抓住他问：“你……你怎么这么能跑？”

他反问我：“你……你怎么这么能追？”

我大口大口地喘息着，继续问他：“你跑什么？”

他又反问我：“你追什么？”

我知道，我要是再问“你不跑我干吗要追”，他必回“你不追我干吗要跑”。

于是我也不废话，开门见山地问：“你为什么天天送我早餐？”

他说：“拿人钱财替人消灾。”

我一愣，没想到原来还另有其人，再问：“替谁消灾？”

他说：“无可奉告。”

可真倔，我伸出我的“九阴白骨爪”狠狠地在他胳膊上抓了一把，他痛得嗷嗷直叫。

“可不可奉告？”我问，说着我又准备抓第二下。

“可可可……”他连忙应道，但旋即抬起右手，食指和拇指搓了搓。

我秒懂他的意思，竟然还想要钱，我上去又是一爪。

但这家伙简直倔得要死，像一只宁死不屈的小强，最终我只得把我兜里仅有的五块钱交到了他手里。

他把这张五元纸币正反看了好几遍才塞进口袋里，一脸不情愿地说："是三班的余婧。"然后站起来，拍拍屁股，头也不回地走了。

余婧？怎么会是她？

我百思不得其解，坐在地上任由操场上的冷风把我吹得凌乱。

第七章

爱心早餐使我慌张

当天下楼时正巧撞见上楼的余婧，她笑盈盈地跟我打了个招呼，我有些发愣都没有注意。走下几级台阶后，我才反应过来，转过去，她还在对我笑盈盈的，她身旁还有几个女生，一个个奇装异服标新立异的，也不穿校服，看上去像是叛逆的不良少女，没有一点儿女学生该有的样，她们也都笑嘻嘻地盯着我看，嘴里还时不时发出奇怪的声音，让我一时有些尴尬。真搞不懂和光中学的校领导们怎么也不好好管教管教这些学生。

我皱了皱眉，决定还是尽早问个清楚，于是又走了上去，把余婧叫到一边。

那几个女生起着哄，片刻后才咋咋呼呼地走开了，叽叽喳喳说话的声音也故意抬高了八度，引人注目，真让人无法产生好感，只会觉得厌恶，我想她们要是有许念的十分之一矜持，也不至于让我厌恶。

余婧和我靠得有点儿近，我往旁边挪了挪，问："你怎么和这类女生在一起？"

"哪类？"她故意反问我。

我不好解释，只能说道："感觉远离点儿好。"

"你在关心我啊？"她又凑近了点儿。

我表示无话可说，这只是一个再普通不过的小小建议而已，听不听随意，关心更谈不上，我只关心我的许念。

我没有回答她，继续问道："早餐是你送的？"

"你发现了？"她笑着。

我看着远处："你为什么送我早餐？"

"关心你啊。"她回答得很干脆，没有半点儿犹豫。

我再次哑口无言。我们之间好像还不算太熟，朋友都称不上，顶多算是校友，天天送早餐这种关心会有点儿太过了吧?

"你为什么关心我？"我问。

她想了想说："不为什么。"

果然是个再敷衍不过的答案了，这样聊下去我可能会暴露我不绅士的一面，即使很多男生都梦寐以求地想和余婧有更多的交谈机会，但我无欲无求，于是我决定赶紧结束和她的聊天。

“以后就不用送早餐了，我还有事，先走了。”说罢，我快速瞥了一眼余婧的好身材，然后转身匆匆上楼，慌乱中发现好像跑错了方向，又转身灰头灰脑地往楼下跑。

余婧站在原地笑，似乎在笑我蠢，我一时尴尬得要死。

学校里，能被众人一直拿来讨论当作话题的人有两种：一种是走在前面的品学兼优的优等生，一种是落在后面的不学无术的差生。

沈士生能被拿去讨论，是理所当然不可否认的，从开始的帅到后来的又帅成绩又好，单凭这两点他就俘获了不少仰慕者的少女心，当然，他也成功地招来了众多少男的羡慕嫉妒恨。

而我偶尔也能被拿去讨论，居然不是因为帅或者不学无术，而是被拿去和沈士生做比较。我强颜欢笑，宁可我是个不学无术的三流差生。

另一个我常听到的被讨论的对象就是余婧了。这也难怪，如此引人注目的长相身材，即便是藏起来也会被一双双善于发现美的眼睛掘地三尺给找出来，再加上优异的学习成绩和运动会上出色的表现，甚至还有优越的家境，这样的人不被拿去当话题讨论简直天理难容了。

那次运动会后，身旁的男生一脸奸笑地盯着我打量半天，盯得我胆战心惊，然后他亮起一双似乎能洞察一切的眸子，看透我似的贴过来小声说道:“盛柏孝,运动会上我看到那余婧给你送了一瓶水，你俩是不是……”

“是不是什么？”

他越笑越贱：“是不是有一腿？”

有你个头，我抬起胳膊反手便是一个耳光，扇得那家伙乖得像只哈士奇，再也不敢胡说八道。

许念回头看我，我微微笑着，假装什么都没发生，但愿她没有听到余婧给我送水的事。

但那次以后我也深思熟虑过，为什么余婧会给我加油，还给我送水。

自从军训那次余婧跳了一支爵士舞后，我耳边有关余婧的声音断断续续就几乎未停过，好的有，不好的自然也有。

好的必然是夸赞余婧长得好、身材好、学习也好，就和夸沈士生是一模一样的，甚至有人把余婧和沈士生说成是才貌双全的一对儿。我听到这些就想笑，这俩人虽在一个班里，但我估摸着他俩至今有可能都没说过一句话。

以我对沈士生的了解，让他和余婧这样的漂亮女生说话要比登天还难，不是他不好意思或者不敢，而是他对任何一个女生都是这样，能不说就尽量不说。

不好的呢，是我听说余婧的父亲是某个公司的大老板，黑白两道通吃，就连学校的很多校领导听到余婧父亲的名字都要让三分，自然也要给余婧一点儿面子。所以我又听说上次考试余婧都是直接从老师那儿提前拿到了答案。听到这儿我也想笑，如果换作是我，有答案干吗不直接考第一名，再说了考个好名次对余婧来说似乎也并没有什么实质性的作用。

之前有次我趴在桌子上闭着眼睛酝酿睡意，隐隐约约听到班里有几个女生下课不去嬉戏打闹或者养精蓄锐，倒是围在一起八卦地讨论起谁是校花谁是校草，可真是够无聊的。于是，我竖起耳朵仔细听，想听听我能否争得一席之位，排上个名次。

校草评选时，我听到好几个入围的名字，其中呼声最高的居然是沈士生，不可思议，我想沈士生都不知道他已经出名到其他班级里了吧。而更令我诧异的是，这几个名字中居然没有我的名字，我猜想这几个评委眼神大概都不是很好吧，我都懒得站到她们面前亲口告诉她们校草最佳人选的大名。

我趴在桌子上不自觉地开始幻想校草头衔落到我头上的整个过程，越想越开心。这时候，我听到了其中有个女生小声地说了我的名字，我一阵窃喜，总算有个有眼光的了。我准备睁眼看看是哪个女生如此支持我，但她们又忽然开始评选校花了。

听过的没听过的名字说了好几个，许念和余婧都登上了校花评选榜，我想这要是每人只有一票的机会，那么我这宝贵的一票一定要投给许念，许念才是实至名归的校花，而我是校草，哈哈，校花校草是一家。

这时候，我听到她们谈起了余婧。

“就是三班那个余婧，长得好、身材好、学习也好，家里还有钱，一身的名牌，真是让人羡慕得不要不要的。”

“但是我可听说她抽烟、喝酒、打架样样精通，会的可多了呢，可别被她的外貌欺骗了。”

“真的假的啊？”

“真的啊，你看看最近她交的那些朋友，一个个哪像是学生啊。”

我听到这儿不禁惊了下，那个余婧不会真的像她们口中所说的那样抽烟、喝酒、打架都会吧？太不可思议了。

那天放学骑着单车回家，我告诉沈士生：“恭喜你登上了校草排行榜。”

沈士生没有理我，仿佛关于校草的排行他并不关心似的。

我继续说：“我也登上了，排在你前面哦。”

沈士生扑哧笑了下，又立刻恢复到面无表情。

我被他这突然的笑搞得有些不知所措，只得白他一眼，继续埋头蹬着单车。

片刻后，我带着疑惑问沈士生：“喂，我问你一个问题，你们班的余婧平时在班里都什么样子的啊？”

沈士生奇怪地看了我一眼。

“我只是好奇，随便问问。”我说。

“没注意，就那样吧。怎么，她登上了校花排行榜？”沈士生云淡风轻地说。

我没想到沈士生这么有悟性，于是说道：“是啊，她登上了，还有人说你俩郎才女貌，般配呢。”我笑嘻嘻的。

沈士生看向我，一脸严肃，似乎他并不喜欢我开这种玩笑。

我只好撇了撇嘴：“开玩笑的。”

我岔开话题，继续追问：“余婧的朋友都是些什么人呢？”

沈士生顿了一会儿开口道：“你想了解她？”

“嗯。”我点了点头。

“有什么企图？”

我抬起一只胳膊大声喝道:“能有什么企图啊,只是随便问问。”

没想到沈士生该严肃的时候不严肃。他见我暴跳如雷，只好想了想然后说道：“好像在班里也没有多少朋友，课间也不常在教室里待，最近一下课就出去了，看到过她和其他班女生待在一起，不过那些女生……”

“那些女生怎么了？”我问。

沈士生轻轻一笑说道：“花枝招展，引人注目。”

没想到余婧这个在我看来算得上是挺完美的女生，却开始和那些我眼中的不良少女走得很近。所以我又听到她们讨论余婧的话题从肤浅的“她的身材怎么那么好”，转移到了深刻的“她为什么会和那些人混在一起学习成绩还那么好”，我表示我有时也会疑惑。

次日到校后，桌子上并没有发现早餐。我靠在椅背上盯着空荡荡的桌面居然有一种怅然若失的感觉，就好像我亲手把免费的早餐搞丢了似的。

就在我继续思考余婧还会不会再送早餐的时候，一袋冒着热气的新鲜小笼包就闯进了我的视线，稳稳当当地落在了我的桌面上。

我愣了愣，以为出现了幻觉，伸手一抓，居然是真的存在，接着我抬起头，送早餐那男生对我微笑，服务可真周到，微笑都这么温暖。

我立即从座位上跳起来，那男生见状拔腿就跑，我有些搞不懂他跑什么，于是我也拔腿就追。我想他要是再给我跑个 800 米，我肯定不追，就在终点守株待兔等着他。他跑上五楼，我追上五楼，他又跑下四楼，我又追下四楼，结果他停了下来，我一把揪住了他。

“让你给我跑，这次跑不动了吧。”我扬扬得意地笑着，好像抓住了一只野狐狸。

他回头冲我尴尬地笑了笑，一脸认输的表情，然后伸出食指朝我身后指了指。

我一想这小子还真是只狡猾的狐狸，想趁我回头立刻溜走，但以我的智慧哪那么轻易让他得逞。

于是我把他揪得更紧了：“你跑什么呢？”

还等不及他回答我，我的肩膀被轻拍了下，我稍稍扭头过去，居然是余婧。

“余婧，怎么是你？”我有些惊讶，松开手，那小子直接跑掉了。

余婧冲我微笑道：“你们干吗呢？”

“追着玩。”我转过来和余婧面对面站着，把手顺势插进口袋里。

余婧理解似的点了点头。

我思考了下，然后说道：“你告诉那个男生以后不用给我送早餐了。”

余婧抬头看我，疑惑道：“为什么？”

“不为什么。”我脱口而出，还摆出严肃的表情。

余婧愣了下，然后笑着说道：“好啊，那我不让他送了。”

然后她错过我，从我身旁走过，还故意用肩膀撞了我一下。这时候，我又无意间看到了许念不知什么时候恰好走了上来，就站在楼梯口看我。我惊慌失措，只祈求许念什么都没有看到，就算看到了也不要有什么误会。

我赶紧走过去，笑嘻嘻地打招呼：“早啊，许念。”

“早啊。”许念回我。

我边吃着可能是来自余婧的最后一顿早餐，边思考着许念一大早就交给我解决的一道数学题目，我义不容辞，只是我现在思考着思考着就走了神。

我想明白了余婧送我早餐的意图，因为我听过这么一句话——要想抓住一个男人的心，就要先抓住他的胃。

余婧还真是个聪明的女生，我想如果放其他男生身上余婧还用得着送什么早餐，只一个眼神那男生肯定赴汤蹈火上天入地做什么都愿意，但偏偏不幸遇到的是我，我可不是什么花花公子，单凭几顿早餐就能感动我，然后随她策马奔腾，比翼双飞，浪迹天涯海角，这都是不可能存在的。

我清楚地知道我只喜欢许念，我想我要是许念肯定也会被我的专一感动得涕泗横流，在美女如云充满诱惑的校园中还能初心不改地一直只喜欢着一个人，这样的至死不渝简直感天动地。

我撑着脑袋盯着天花板，仿佛看到了月老，我心里一顿祈求：月老啊，如果你也被感动了，就把这红线尽早给顺手牵了吧，别苦了这一对有情人了。

我的幻想被一只摆动在我眼前的手掌打断，我低下头，看到是许念。

“你想什么呢，还笑嘻嘻的。”许念奇怪地看着我。

“没没没，没想什么。”我赶紧收起嘴角上残留的笑。

“这道题解出来了吗？”许念看着那道题目。

“快了快了，再给我几分钟。”我低下头，拿起笔开始在草稿纸上疯狂地运算。

现在董胖子还是时不时会回头看许念，但他一回头也会看到许念身后的我，我只对他毫无意义地微微一笑，他就赶紧晃着脑袋转着眼珠假装在空气中寻找着什么东西，像是在捕捉一只蚊子，然后又很快扭了回去，假装看书写字，样子十分可笑。

我有时候在想，董胖子到底喜欢许念什么，是许念的外表，还是许念的内在？还是说和我一样，许念的外表和内在都喜欢。

或许董胖子的喜欢也很真诚，如我一样的真诚，但是我只能对他说抱歉了，替他感到惋惜，他喜欢上了一个不该喜欢的人。我也只能默默地在心底祝福他，祝福他可以喜欢上一个也喜欢他的女生，并且他们能一直走下去，不要在我和许念之间横生枝节就好。

我有时候盯着许念的马尾发呆，看着看着我就在想：许念会不会已经有喜欢的人了？她也像我一样偷偷地暗恋着某个人，不敢轻易表露心声，只觉得每天能看到那个人就已经很满足了。

我又去猜想她可能暗恋的那个人是谁，但我也实在猜不出来，许念似乎一直都在我的眼皮子底下活动，我也一直没有发现她对哪个男生有不同寻常的表现，包括我。或许许念还是个一心只想着学习，别无他想的单纯小姑娘。

许念又把几道数学题目塞到了我的眼前，我愣愣地看着许念道："你最近问题怎么这么多啊？"

许念笑笑，凑过来小声自信地说："我要把所有不会的全搞懂，期末考试我要超过沈士生。"

我瞠目结舌地盯着许念，然后竖起拇指："有理想。"

"沈士生是不是学习很用功啊？"许念盯着我问。

"嗯，很用功。他就是个书呆子，除了学习什么都不会。"我开口说道。

许念眉头微微一皱，然后点了点头。

我笑了笑，看到许念这副样子，一猜就知道她超越沈士生的信心稍微动摇了下。

“没关系，你好好努力。万一他发挥失常，考差了呢？”

“我才不希望他发挥失常，我要凭借真材实料超过他。”许念似乎又找回了自信。

我递上一个鼓励的微笑。

次日早晨，我稳当地坐在座位上，周围的人都到齐了，桌上没有早餐，送餐的小哥也没有出现，倒是来了个不速之客。

坐在后门的男生大声呼唤道：“盛柏孝，有人找。”

只是他两眼放光，嘴上还挂着令人捉摸不透的诡异的笑。这样的表情我从他脸上看过好几次，不过出去后见到的都是苏菲亚。

我叹了口气，从椅子上跳起来，许念和何夏秋都回头看我，我一脸淡定地朝外面走去，不知这苏菲亚又有何贵干。

可是还未踏出后门，我隐约感觉气氛似乎有点儿不对劲，一股从门外迎面吹来的凉气让我怀疑来者并非是苏菲亚那么简单。

我停了下来，悄悄地探出个脑袋往外看去。

妈呀，居然是余婧。我正巧撞上她的目光。她怎么亲自光临七班了？我僵住了。

余婧对我笑着，露出了洁白的牙齿，然后她把手上的早餐举起来在我眼前晃了晃。

“给你的早餐。”余婧又把手往前伸了伸，差点儿把早餐直接送进了我的嘴里。

我赶紧往后闪了闪，皱着眉头低声问道：“不是说不送了吗，你怎么还亲自来了？”

“没说不送啊，我只是说不让那个男生送而已。”

这话我没法接，我立刻走出去把余婧挡在门外，希望许念可不要看到这一幕，以免她吃醋。

“快点儿拿着啊。”余婧把早餐又递到了我的手边。

我手往后缩了缩，并不想要，却不料这时候看到苏菲亚恰好从远处朝我迎面走了过来，我顿时胆战心惊，这一幕更不能让苏菲亚看到，万一被她抓到什么把柄，那可有我好受的了。

我急切地说道：“我班头来了，你赶紧走吧，被逮住了可就麻烦了。”

“逮住就逮住了呗，这有什么可怕的啊。”

我一听余婧这语气，没想到她比我胆子还大，我可不想被她拖下水，转身就要钻进班里，余婧却抓住了我的衣袖，非要把早餐塞到我的手里，我无奈，再纠缠下去就真的逃不出苏菲亚的法眼了。

我只好一把接过早餐：“最后一次，以后真的不要再送了。”说罢，我就赶紧走进教室，坐了下来。

许念应该没有看到余婧，我长吁一口气，早餐在我的手心里热乎乎的。

何夏秋侧过头来，目光扫过我手上的早餐，调侃道：“哟，爱心早餐哪，谁送的呀？”

许念闻声也转过来看我。

我顿时有些失措，支支吾吾地说：“什么……什么爱心早餐啊，不就是再普通不过的一份早餐而已嘛！”

“那是谁送的啊？”何夏秋似要打破砂锅问到底，可真不给台阶下，我恨不得把手上的早餐全塞进她的嘴里，让她多话。

“朋友啊，顺手给我带的。”我面不改色。

“朋友？男的女的啊？”这何夏秋可真够八卦。

“男的！”我斩钉截铁地回道。

何夏秋再想开口问，这时候苏菲亚拉着张脸就从门外进来走上了讲台，整个教室霎时安静得没有一点儿声响，感谢苏菲亚救我于水火之中。

感谢之余，我察觉到今天苏菲亚的脸色阴沉得格外难看，我猜她不是早上丢钱了，就是早上被劫财了。

苏菲亚怒目扫视着讲台下的所有人，尽量保持着心平气和的语气说道：“咱们班的某些男生女生注意点儿，你们父母辛辛苦苦供你们来学校是让你们学知识考大学的，不是让你们在这儿交男女朋友的。”

我吓了一跳，莫非刚才苏菲亚还是看到我了？她要误会了我，那我岂不是太冤枉了？不管怎样，我先装作啥都不知道。我低下头，听着苏菲亚继续絮絮叨叨。

“学校的三令五申，你们都给我注意点儿！”

苏菲亚的声音突然抬高好几个分贝，吓得我忍不住抬头想看看她现在的面色，只是我刚抬起眼，就发现她朝我这边看来，我又吓了一跳，赶紧把头又埋了下去。

“特别是个别女生。”苏菲亚补充了句。

咦，说来说去原来说的不是我啊？我再望过去，发现苏菲亚的视线从何夏秋身上扫过，而何夏秋像平时一样不以为意地手下压着一本小说看着，仿佛把苏菲亚的话当耳旁风。

我趁机拿笔戳了戳何夏秋的后背，想提醒提醒她老师说的是她，但她一动不动毫无知觉。我又用力戳了一下，何夏秋猛地直了直背，又赶紧猫腰下去，僵硬地转过脑袋，脸色比苏菲亚还难看，瞪了我一眼，又立即转了回去。

哈哈，我可有对付何夏秋的办法了，如果她再多嘴，我就把她供出去，让苏菲亚找她一对一谈话。

又一个早晨，我怀着忐忑不安的心情走进了七班，我的关注点居然不是先看许念有没有来，而是先看我桌子上有没有早餐。

有早餐那还好，证明余婧等会儿可能不会出现；没有的话，那就糟糕了，证明余婧还有百分之五十的可能会出现。那这次要是被许念或者更多的人看到了，就真的尴尬了，我可不想让许念认为我和其他女生有什么说不清道不明的关系。

然而我走进教室没几步就怔住了，光秃秃的桌面上什么都没有，而许念却刚好坐在座位上侧过头来看到我。

许念微笑着给我打了个招呼："早啊。"

我也微笑着开口准备回许念，但我总感觉似乎有什么惊天动地的事将要发生。果不其然，在我嘴巴刚张开还未吐出一个字的时候，我身后就先传来一声清亮的百灵鸟叫般好听的呼唤声——

"盛柏孝！"

我霎时僵住了。

一时间我多希望这好听的声音是从苏菲亚的嗓子眼儿中发出的，但偏偏不是。多么熟悉而又陌生的声音啊。

我注意到很多人都向我身后看去，许念的视线也从我身上挪到了我身后，停顿了两秒，然后又挪了回来。她向我的身后指了指，示意有人在叫我。

我深吸一口气，坦然自若地转身，看到余婧刚刚好就站在后门口正中央，微笑着，手上捧着爱心早餐，多美好的画面啊，一定羡煞众人。不过尽管余婧够漂亮身材够好，但我更想画面中的人换成许念，那才称得上是最完美的画面。

我在一阵嘈杂的羡慕声中走了出去，微笑着把余婧从后门口的位置扯了出来。

“你怎么还来啊，不是说不让你送了嘛！”我压着嗓门叫着。

余婧皱了皱眉：“我自愿的。”

“自愿？你干吗天天送我早餐啊？”我眉头皱得更紧。

余婧瞄了我一眼，忽然一下子温柔地低下了头，恰似水莲花不胜凉风的娇羞。我愣了愣，没想到如此美好的举动没有在许念身上先看到，倒是在余婧身上先看到了。

“我喜欢你。”

“什么？”我不知道是没听太清，还是被这几个字吓了一跳。

但是余婧没有再重复，把早餐直接塞到我手里，头也不抬地转身就跑了。

我僵在原地，望着余婧的背影消失在我的视线中，心头漫上来的莫名情绪久久不能平复。

“啊呀，原来送你早餐的男生长得如此娇艳动人呢。”何夏秋故意调侃我。

我歪着嘴沉默。许念并没有转过来，我盯着她的马尾猜想或许她会有点儿难过，没看出来我是那种在外面拈花惹草的少年。

“说说你和那个余婧怎么认识的啊！”何夏秋凑过来八卦，就连江晨游离在窗外的眼神都转了回来，落到我的脸上。

这时候许念也转过来盯着我，眼中带着和何夏秋一样的八卦。我尽力在许念的眼中发掘她的另一种心情，比如生气或者醋意，但是竟然没能发掘出来。

啧，之前还觉得许念不适合当演员，现在看来她完全可以，不想表露出来的心情在脸上可以隐藏得毫无痕迹。

“快点儿说说啊！”何夏秋催促着。

“嗯……哦，她和沈士生同班，他俩熟，所以我们自然一来二去也就认识了，她帮沈士生带早餐也就顺手帮我带一份。”我脑筋一转，想出个理由。

“没想到那个余婧人这么好啊！”何夏秋若有所思。

我笑了笑，但愿我的谎言不要被拆穿，这可是个善意的谎言。

许念大概也是听到了满意的答案，什么也没说就转了回去。

我稍稍松了口气，可算糊弄过去了。

第八章

喜欢一个人是什么样的感觉

▼

话题人物余婧的出现为我带来的困扰一点点地在成真，就她亲自送早餐的这一次，当我还觉得没多大关系的时候，班里却悄然掀起了一阵狂热的窃窃私语，全部都是关于我和余婧的，说什么的都有。

“盛柏孝怎么会和余婧认识呢？”

“你说他俩是不是在一起了？”

“原来盛柏孝喜欢这样的女生啊！”

……

我趴在桌子上闭着眼睛听着这些流言蜚语，我想我该怎么做才能澄清我和余婧的关系，制止这些人无意义的议论呢？我要不要站到讲台上怒吼两句，然后掀了讲桌，或者揪住个聊得热火朝天的人，当着所有人的面揍他一顿，杀鸡儆猴？

算了算了，我想想这些都不是一个合格的高中生该有的行为，我是理智的，一时冲动是不对的，我要考虑后果，我更要在乎许念的看法，我只好保持沉默，让时间来吹散这些乱七八糟的猜测，只要许念不要误会了就好。

许念凑过来对我小声说：“盛柏孝，他们信口雌黄，都是乱猜测的，你可别当真了啊。”

我弹起来冲许念微笑：“我才不当真，随他们吧。”

可是就算我不当真，接下来呈现在所有人眼前的感人画面也让我彻底失去了想要辩解的欲望。

余婧的执着让我觉得有些可怕，尽管我已经劝说过她不要再来送早餐了，但她还是来了。

她手捧着早餐微笑着站在教室后门门口，光鲜亮丽的样子像极了降临到我们七班的大明星。她叫着我的名字，却吸引了无数双少男放光的眼睛，我想肯定有几个男生恨不得现在改名也叫盛柏孝。

我低着头看书，两耳不闻窗外事，即便江晨还故意推了我几下，我也装作看书看得专注而忘了一切。

我听到余婧又连着叫了我两声，但我还是稳坐如泰山纹丝不动。终于她不再叫了，我以为她走了，心里稍稍轻松了下，可算摆脱她了，班里却又霎时躁动了起来，哗然一片。

我刚要抬头看个究竟，一股淡淡的香水味飘进我的鼻腔，清新极了，我不禁吸着鼻子再嗅了嗅，这时候余光中突然闯进个人来。

我吓了一跳，能吓到我的人不多，除了神出鬼没的苏菲亚还有我妈，就数现在爱心对我一人泛滥的余婧了。

余婧居然如此不矜持地不经过任何本班人同意就明目张胆地闯了进来。我连忙闪躲，差点儿躲进了江晨的怀里，同时仰头望向她，却见余婧蛾眉倒蹙，一脸的嗔怒，手上紧紧地拎着早餐，又往我眼前抬了抬。我赶紧别开脑袋，生怕余婧一时间想不开当众把早餐摔到我的脸上，那我岂不是太没面子了。

这时候教室一下子安静了下来，所有人都抻长着脖子张着嘴巴看戏，但余婧没有让他们如愿以偿，她只是轻轻地把早餐直接丢到了我的桌子上，豆浆洒了出来，包子滚出来一个，顺着我的腿滚落到地上，在地上画了个圆才停了下来。

我瞪着茫然的眸子盯着余婧，她也盯着我，但她什么都没说，然后转身从后门走出去，打道回府了。

在又一阵哄笑声中我愣得活像一根木头，浑然不知余婧这一举动是何意思，更可怕的是我不知道其他人会瞎曲解成什么意思。

江晨把我推开，我回过神来，赶紧扶起那杯豆浆。

我所庆幸的是许念恰好不在，这男主角都无法理解的一幕还好许念没有看到。

何夏秋用奇怪的眼神盯着我看，似笑非笑的，令人心里发毛。

我抬手把擦了豆浆的纸团直接扔到了何夏秋的脑袋上，她才瞬间换了眼神和表情，恶狠狠地抡起一本书径直就朝我扇了过来。我一个机敏的闪躲，那本书脱离了何夏秋的手不偏不倚地正中侧靠在窗台上江晨的脑袋，顿时撞击出清脆而又响亮的一声。

何夏秋捂着嘴愣住了，江晨捂着脑袋眼泪差点儿要夺眶而出，我捂着肚子笑出了八块腹肌。

许念这时候进来了，茫然地看着我们仨，不知道发生了什么事。

而我忍俊不禁，久久无法平复，倒是江晨和何夏秋两个人很快恢复到往常一样，像没事人一样。

何夏秋带着笑意味深长的笑问我：“怎么，你和余婧吵架了？”

我立刻憋住笑，抬头看向何夏秋，又看了看许念的马尾。

何夏秋冲我不怀好意地挑眉。

我皱着眉头说：“什么吵架不吵架的？根本就没有吵架。”

何夏秋搓着下巴脸上挂着问号，然后点了点头道：“没吵就好，

没吵就好，不过两个人在一起吵架也是难免的。”

我瞠目结舌，不知何夏秋乱七八糟在说什么。

许念大概也是听到了什么字眼，扭过头来疑惑地看着我们俩，然后吃惊地念出三个字：“在一起？”

何夏秋认真地点了点头，我赶紧挥着手摇着头匆忙地叫：“没没没，许念，你可千万别听何夏秋胡说八道，没在一起，没在一起。”

许念皱眉。

好事不出门坏事传千里，我都没好意思把这经历说给沈士生听，他倒是早有耳闻。

“听说你和余婧……”沈士生边蹬着单车边说。

“打住。”我立刻打断沈士生道听途说的八卦，“你所听到的都是谣言，以讹传讹，我和爵士舞光明正大清清白白的，可什么关系都没有。”

沈士生笑了笑。

“你笑什么？”我严肃地问。

沈士生摇了摇头，又说道：“她天天给你送早餐？”

“莫名其妙，有钱没地儿花了。”我撇了下嘴。

“看来是校花倒追你了。”沈士生难得如此无趣地关注这些花边新闻。

“校花？她可算不上是校花。”

沈士生看了一眼我，我偷偷扬了下嘴角，想到了许念，许念才是名副其实的校花。

“喜欢余婧的人可多着呢，你可要好好考虑考虑。”沈士生语气郑重。

我深吸一口气，没想到沈士生不和我讨论深奥的数学题，倒是讨论起这种与他毫无关系的事情。

“你要是喜欢，我倒是可以考虑考虑在她面前替你美言几句。”我嘻嘻地笑了笑，想到余婧天天给沈士生送早餐的画面。

沈士生白了我一眼，只吐出“无趣”两个字来。

我仔细回想了下过去的日子里，我肤浅地喜欢过很多女生，也都兴致勃勃地把那些女生的名字分享给沈士生听，但喜欢许念这件事我却不知道为什么我并不想真诚地告诉他，或是任何人。我也想到了沈士生，好像至今我还从未听说过他喜欢过哪个女生，或是对哪个女生有那么一点点好感。

我沉默了半晌，一脸严肃地骑着单车，然后我用很认真的语气问道：“说实话，沈士生，你有没有真正地喜欢过一个人？”

沈士生没有说话。我就知道他没喜欢过人，不知道是他眼光太高，还是他根本不懂什么叫喜欢。

“你知道真正喜欢一个人是什么感觉吗？”我问沈士生，也问我自己。

“孤独。”沈士生脱口而出，尽管声音很小，但我还是听清了。

我望向沈士生，不由得惊讶了下。他所说的这两个字，很多时候我深有体会，有时候我趴在桌子上盯着许念的马尾，或者给她讲题时看着许念的微笑，我都莫名生出种奇怪的感觉。明明近在咫尺，却又总觉得遥不可及，我听得到她的呼吸，却听不到她的心跳，而我的心上悄然漫上莫名的孤独感，堆积成雪。

我好奇地追问：“你说你都没有喜欢过人，怎么会知道这种感觉呢？”

沈士生没有回答，脚下加快了速度。

余婧的早餐依旧送，而这几天她都不是一个人出现，还有她那几个朋友相伴。那些打扮得与我们这种传统的高中生格格不入的女生总能引起很多人的关注和讨论，再加上是出现在我们班门口的，我自然也逃脱不了被议论的命运。

我起初以为许念看到这些人天天出现会有什么其他的反应，但她并没有，包括余婧，许念最多也只是猜测道：“看来那个余婧是真的喜欢你呢。”

我轻轻锁了锁眉，然后应一声，在许念面前我可不想过多提及有关余婧的话题。

那些议论很快被期末考试的逼近冲淡，大多数人更愿意把张嘴说话的时间换成是讨论各科问题。

最近的数学课上许念又堆积了许多难以理解的问题，使她忧心忡忡的，生怕第二次考试成绩会有所下滑。

我拍着胸脯给她打包票说：“许念你相信我，在我的帮助下，你数学一定能考全班第一名。”

许念皱眉问：“我数学考第一，那你身为我的数学导师，你考第几呢？”

我思考了下，笑道：“我也考第一。”

“那就是并列第一啊，那咱俩可都要考满分了。”许念幻想着。

我也幻想着。

为了把许念的幻想变成现实，这几天我回家疯狂地钻研数学，课本练习册上能做的题目我全做了一遍，挑选各种重点、难点题目，工整详细地写出解答过程及思路，便于许念理解。这种只有沈士生可以耐心完成的任务没想到在我身上也能顺利地完成，我不禁对自己都要刮目相看了。

能想到的帮助许念搞懂数学的办法我几乎全都在做，就差我提前把期末考试的试卷和答案亲自做出来，只拿给许念一个人看，保准她能全做对，考第一。

我妈以前每天晚上习惯于为我端来一杯热腾腾的牛奶，现在已经悄然变成了一杯不加糖的苦咖啡。很多时候我都想拒绝，但既然已经端来了我又不想浪费，就一口给干了。

我妈悄声进来悄声出去，开门关门的声音都刻意得小到我听不见，就怕一点儿声响都会影响到我思考问题，有几次我被吓得恍惚以为我妈是可以穿墙飘来飘去的。

我妈出去后，我清晰地听到我妈兴奋地告诉我爸，说我刻苦努力奋发图强，照这个架势学下去考个清华北大必定易如反掌。

我想告诉我妈的是，是不是易如反掌我心里还能没个数嘛，还有就是，咱家的隔音效果并没有多好，隔着一张门大声说话我还是可以听得一清二楚的。

最可笑的是年轻的邻居阿姨一脸谄媚地拍着我的胳膊说：“哎呀，盛柏孝啊，听你妈说你最近学习很努力啊，非清华北大不上呢，可要给我这小女儿做个好榜样啊！”

我目瞪口呆，看着她抱在怀中的小女儿满脸崇拜地仰头望着我。

那天，我遇到余婧，我想了想决定还是和她谈谈。

我真诚地说：“真的没有必要再送早餐了。”

她问：“为什么？”

我沉默了下，我想我该不该直接告诉她说我不喜欢她，我和她没有可能，但是我一时间又不好开口。

然后她继续问：“你是不是有喜欢的人了？”

我愣了愣，然后轻轻点了下头。我又注意到余婧的嘴唇微微嚅动着，眼圈都有些发红。

我吓了一跳，这是要哭的前奏啊！我最怕女生当我面哭了，这会让我自责好几天，更何况现在还在学校里，如果让其他人看见了，那我岂不是要被怀疑欺负了手无缚鸡之力的弱女子？搞不好我会背上什么骂名，之后的高中生涯头都抬不起来了。

我赶紧小心翼翼地劝：“你别哭啊，我最怕女生哭了。”我可不会安慰人。

眼泪在眼眶中打转，愣是没掉下来，余婧咬着下唇，眼睛盯着我，样子楚楚可怜。

我有些不知所措，兜里也摸不出一张纸巾来，视线也无处安放。不过庆幸的是，她没有继续一直这么盯着我看下去，然后她什么都没说转身走开了。

我猜想大概她转身的那一瞬间眼泪可能就夺眶而出了吧，但我只能呆呆地站在原地注视着她从我的视野里消失不见。

次日早餐还是送来了，是那个跑得很快的小哥送来的，余婧没有亲自来送，我有些惊讶，不知道该喜还是悲。但或许这是她决心放手的一个开始，我想想就暗暗自喜，但愿她真的能如我所愿，不要插足我和许念逐渐步入希望的感情。

苏菲亚在课上说道：“期末考试很快就来了，你们要抓紧最后这些时间，好好复习，争取获得更好的成绩，开开心心地过年。”

台下叽叽喳喳一顿讨论。

苏菲亚抓着板擦在讲桌上拍了几下：“肃静！肃静！”

台下恢复一片安静，所有人的目光都一致投到了苏菲亚脸上，包括我，而我只想要她注意到我脸上表露出的对她敲击讲桌行为的厌恶，我格外厌烦那种敲击声。

苏菲亚倒是轻松地笑了笑，似乎并没有注意到我的态度，这令我很不悦。

然后苏菲亚说道：“考试后紧接着就是元旦晚会，我们班呢，最好也能出一两个节目。”

台下讨论声又起来了。

但苏菲亚并没有急于敲桌子，反而故意让大家多讨论了几秒，又抬高声音问:“咱们班有没有才华横溢,想要表现表现的同学呢？”

讨论声戛然而止，所有人的目光都转移到了董胖子的身上，只见董胖子笔直地坐着，一动不动的，大家都期待着董胖子自信地举起手来。

苏菲亚的视线也落到了董胖子的身上，只是她看了眼又赶紧挪开了。

董胖子并没有举起手来，这令所有人大失所望——如此不积极热衷于班级活动的班干部还是尽早废黜了好。

苏菲亚又看向我："盛柏孝，我听说你唱歌不错……"

"没有没有，老师你听谁乱说的，我哪会唱歌啊！"我赶紧谦虚道。

苏菲亚笑了笑，又看向许念："好像许念唱歌也不错呢？"

"啊，没有。"许念猛然抬头，声音很小地说。

苏菲亚灵光一闪出了个主意："这样吧，我看许念和盛柏孝你们两个人就一起出个节目吧，一个人在台上唱歌怪孤单的。"

我大惊失色，还以为是听错了呢，没想到苏菲亚竟然做出了有史以来最为正确的一次决定，此刻我不禁对她肃然起敬，讲桌随便敲，我不会再介意。

班里有几个人也跟着起哄，害我竟也有些羞涩。我低着头偷偷地笑着，幻想着元旦晚会上我们唱到深情处，我可以趁机牵许念的手，或许大胆点儿曲终时给许念一个热情的拥抱，再大胆点儿，我在中途单膝下跪，从口袋里摸出一枚戒指，当着全校师生的面向许念求婚。

我问许念：你愿意嫁给我吗？许念热泪盈眶地点着头，伸出手来，让我把戒指戴到她纤细的手指上。

江晨推了我一把，我从幻想中回到现实，我听到苏菲亚问："你愿意吗？"

我愣了愣，立刻激动地回复："我愿意！"

苏菲亚又问许念："许念，你不介意和盛柏孝一起表演吧？"

"不介意？"这是个什么问法？

许念轻轻地摇了摇头，马尾左右晃动，我很开心，管她苏菲亚怎样问，只要许念能和我同台就好。

许念把选歌的任务交给了我，我义无反顾地答应了。我脑海里蹦出的第一首歌就是陶喆的《今天你要嫁给我》，不过我敢肯定以许念保守的思想，她肯定不愿意和我手牵着手合唱这首歌，于是我选来选去最终定下了周杰伦的《屋顶》，男女对唱情歌，许念犹犹豫豫最终还是点了点头。

期末考试和元旦晚会赶巧凑到了一起，这可让很多人在这时候忙得不可开交，又要复习又要排练节目。而我们七班一如往常，因为最终定下来的只有我和许念这一个节目，所以其他人该干吗干吗，不亦乐乎。

我利用宝贵的课堂时间抄好了两份歌词，我伸长胳膊递出一份，在许念的侧脸挥了挥。

许念抓过去看了看，然后扭过头来：“盛柏孝，你可真有心啊，歌词都抄好了。”

我微笑着说：“小意思，那咱们是不是需要抽时间好好排练排练呢？”

“嗯，需要。”许念盯着歌词。

我想了想说：“那我们就从今天开始，每天放学时，晚走一会儿在教室练练吧。”

许念抬起头，转着眼睛思考了下说道：“嗯……可以吧。”

我很开心，终于有了可以和许念单独相处的机会了。

一直熬到放学铃声响起，我按捺住激动的心情继续装模作样地坐在座位上，等着所有同学陆续从教室离开。

许念也静静地坐着，只是我不知道她现在的心情如何，是不是也稍稍有些激动，或者紧张不安。

杨熠出现在我们班门口的时候，何夏秋才开心地拽着书包站起来，临走时还奇怪地冲我意味深长地笑了笑。我没有看懂她那个笑是什么意思，然后江晨在他们离开后才起身也走了出去。

何夏秋和杨熠在一起之前，每天她都是和江晨一起放学回家的，他俩顺路，家离得还挺近。不过现在何夏秋直接就抛弃了江晨，每天都有杨熠的护送。我想江晨要是真的喜欢何夏秋的话，那他每天看到自己喜欢的女生和别的男生腻在一起是种什么样的感受呢?

要是每天都有个男生等许念一起放学回家，我想那个男生肯定只能是我。

教室里的人陆续都走得差不多了，最后只剩下了董胖子还沉稳地扎在我的眼睛里，回家一点儿都不积极。

我走了过去关心道：“董班长，放学怎么还不回家啊？”

董胖子仰起头看了我一眼：“马上马上，我这道数学题做出来就走。”

“是不会吗？”我凑过去看了看他做的题目。

“会，略微有点儿难，值得思考。”董胖子嘿嘿地笑着。

我替董胖子把课本合了起来：“拿回家再思考吧，放学不积极，思想有问题。”

“你不也不积极吗？”

我大吃一惊，董胖子居然敢犟嘴。现在说话语气都这么嚣张，这话中不就是骂我思想有问题吗？我立即变了变脸色。

毕竟董胖子上次考了班里第二，他还是聪明的，他见我脸色沉了下来，连忙抽出书包：“孝哥，孝哥，我这就走。”

董胖子终于走了，我关上教室前后门，也终于可以和许念正式地开始我们的排练了。在许念面前单独唱歌我居然有些紧张，半天找不回状态，好不容易找回点儿状态唱得尽兴的时候，又被打断了，门被推开了。

我扭头看去，有些惊讶，是沈士生。

沈士生面无表情地站在门口，朝我和许念这边看过来。

我愣了愣，才恍然大悟，立刻解释：“沈士生啊，我都忘记提前告诉你了，我元旦晚会上有节目，需要排练，这几天放学你就先走吧，不用等我了。”

沈士生点了下头，一句话不说合上门就走了。

我再看向许念，发现许念的视线一直追随着沈士生从窗户走过，还停留在那里。我在她眼前挥了挥手：“看什么呢？”

许念回过神来：“没……没看什么。”

“那咱们继续练习吧。”我举起歌词继续唱，“半夜睡不着觉，把心情哼成歌……”

“沈士生好像还是第一次出现在咱班门口呢。”许念打断我忽然说。

“什么？”我停了下来，看向许念。

许念笑了下：“没啥，继续吧。”

她清了清嗓子唱：“睡梦中被敲醒，我还是不确定……”

半小时后，窗外的冬季天色已经暗得犹如深夜，有老师挨个儿教室地催促还未离校的学生赶紧关灯离开学校的时候，我和许念才匆忙收拾好东西，一同下楼去。

下到三楼时却在楼梯口处刚好撞见了余婧和她几个朋友，我脚步乱了乱，本想低头假装没看见，大家错开先后走，偏偏凑巧地碰了面。

我故作镇定地笑了笑道："还没走啊？"我猜想她们也是在排练节目。

余婧的视线从许念的身上转过来，冲我点了下头。我看到她眼神冷冰冰的，让人有些尴尬，她身边的几个女生看我和许念的眼神也都怪怪的。

僵了几秒后，余婧和她几个朋友才先我们下楼去。

我故意与她们拉开了点儿距离，才和许念继续往下走。

"你们怎么有点儿奇怪？"许念问道。

"啊……没有吧？"我说道。

"是不是她误会什么了？"

"没有，哪有误会啊。"

把许念送上了公交车，我才踩着单车在冬季干冷的风中加快了速度。

期末悄然逼近，元旦也即将来临，最近所有人都加紧时间全力复习各个科目，我也帮助许念攻破一道道数学难题，她对我万分感激。这让我想到期中考试后，何夏秋为表感谢给了许念一个大大的拥抱，而许念会不会为表感谢也给我个大大的拥抱，想想都开心。

“盛柏孝，其他科目你要像对待数学这样用功，那你就太厉害了。”许念在搞懂一道题后夸赞我。

我谦虚地笑着，我才不会在许念面前吹嘘我到底有多聪明。

“盛柏孝，你这次一定要好好考啊！”许念很认真地说。

我感受到了许念的认真，也真诚地说：“这次呢我尽力，不过我答应你，下学期开始其他科目我也努力学，那时候你可就要小心了，班级第一就未必属于你的了。”

许念点了点头道：“好啊，我拭目以待。”

今天放学我和许念进行最后一次排练，像这样两人能在教室独处的机会我不知道什么时候才会再有，所以我连呼吸和心跳都故意控制着，希望时间也可以随之慢下来，让我们多待一会儿是一会儿。

半小时后，我们又在老师的催促下关灯离开教室。

走出教学楼，我们才发现天空悄然飘起了很小的雪，小到落到皮肤上立即就会融化。

许念在校门口驻足仰望天空，任由雪花落在她好看的脸上变成水。而我此刻却被许念深深地吸引，我偷偷地欣赏着她，我发现此刻她的眼睛很美，她的鼻子很美，她的唇齿也很美，好像她的一切都很美。

“你说明天雪会不会下很大呢？”许念忽然看向我，和我四目相对。

我僵住了，努力了很久才终于挪开视线，仰头望向天空，然后说道：“会啊，下雪天很美。”

许念微微笑着：“嗯，很美，但愿明天睁开眼睛就能看到世界上最美的下雪天。”

我小心翼翼地又看向许念，但愿许念的愿望可以实现。

许念，你知道吗，在我心中其实比这世界最美的下雪天还要美的就是你了。

第九章

恭喜盛柏孝和许念成为同桌

▼

送走许念后，我呆呆地扶着单车站在原地，心头一阵复杂。我想我刚才在教室或者雪中时为什么不趁机告诉许念我喜欢她呢？不管她什么想法，至少我可以让她尽早知道我的心意。但我想想又为自己找了个借口开脱，我觉得现在还不是时候，现在还不能直接告诉她，我想要她一点一点发现我对她的喜欢，然后等我确定了她对我也有那么一点点喜欢的时候，我再表露自己的心思也不晚。

我迎着雪花，骑着单车从 辆黑色轿车旁经过，刚经过我就想起来那辆车是余婧家里的车。怎么，她也在排练，还没从学校出来吗?

我又骑出去没多远时，余光中注意到昏黄的灯光下有几个男男女女，我扭头往那边看了眼，然后隐隐约约好像看到了余婧的身影，她靠在墙上，那些人围着她站着。

而我的第一反应是余婧遇到了危险，我有些惊讶，赶紧停了下来，仔细看去，确定那个人就是余婧。

尽管我不喜欢余婧，最近还故意在和她保持距离，甚至希望可以和她成为陌生人，但此刻我却不能坐视不管，血液里流淌的正义之气催使着我像上次杨熠救何夏秋那样果断地丢掉了单车，二话不说就冲了过去。

我想情况若是允许，我需要先向余婧澄清，我这不是英雄救美，她不必因我的出手相救而对我好感倍增，我只是像所有超级英雄那样做了顺手的事罢了。

我冲了过去，在那些人面前站住。那些人齐刷刷地投来了目光，而我也看了过去。

我看到余婧一脸惊讶地盯着我，也看到她举在面前夹在手指间的一支点燃的香烟，淡蓝色的烟雾绕过她的手指袅袅上升，与落下来的雪花反向而行，还有从她唇齿间缓缓飘出的轻柔的烟气。

而我也注意到了其他人，手上或嘴角无一例外都有一支烟。我愣住了，我好像并不该过来，如此格格不入，赤手空拳的，或许我也该叼着一支香烟才会显得不那么与众不同，又或许我现在需要假装走错了方向，转身赶紧离开。

余婧慌乱地边咳着边把嘴里的烟气全吐了出来。

其中一个男生把咬在嘴角的半支烟拔了出来，丢到了地上，接着一脸痞样地朝我走过来几步，和我面对面站着。

我略微低了低头，他略微抬了抬头。那男生的痞样让我只想先给他来一巴掌，教他初次见面聊天不要站得太近。

他尖着嗓门问我："你谁啊？"声音中充斥着挑衅的意味。

我鄙弃地瞪了他一眼，没有回答他，还同时稍稍后撤了点儿，和他保持距离，生怕他的唾沫星子溅到了我的衣服上。

我抬起头越过眼前的男生朝余婧看去，停顿了下，然后什么也没说，转身走开了。

那男生在身后疑惑："哎，这几个意思啊？怎么就走了啊？"

我没有理会，继续走。

倒是在我走出去没多远后，余婧又追了上来，在我背后叫道："等等。"

我站住了，没有回头。余婧站在我的身后，就像电视里的那样，还凑巧的是天空中的雪忽然飘大了，如此应景。

我呆站了片刻后，才终于听到余婧再次开口，她小心翼翼地问：“你喜欢的就是那个叫许念的女生吗？”

我愣了愣，目视前方，没想到余婧竟然猜出了我的秘密。

“你喜欢她什么？”余婧又问。

我不知道如何回答她，我该不该告诉她我喜欢许念的眼睛、鼻子、唇齿，内在和外在，关于许念的一切我都喜欢。

“难道你对我真的没有一点点喜欢吗？”余婧的声音稍稍强硬了点儿。

而我此刻忽然怔了怔，因为我在这个赤裸裸的问题中感受到了余婧表现出来的勇敢，而我几乎没有这样的勇敢和胆量把喜欢直接表现给许念看。

我一直以为女生真喜欢男生的表现就是勇敢胆大，那么，难道余婧是真的喜欢我?

我吞了下口水，低沉着声音半晌才回答：“对不起。”

我没有多说，我也不知道还需要多说什么，我更没有问她喜欢我什么，或许她也会说一切。

我走了，跨上单车头也不回地与余婧渐行渐远，或许此刻她还呆呆地站在原地，又或许她已经落下了眼泪哭出了声音，但我只希望我的决绝可以让她放弃对我抱有的幻想，就像我要求董胖子放弃对许念的幻想那样。

那晚过后的第二天，小镇银装素裹，许念兴奋地告诉我说这是她人生中见过的最美的下雪天，我为许念的愿望成真感到高兴。而那晚过后的第二天，我也没有再收到来自余婧的早餐。

两天后，我们终于迎来了翘首以盼的期末考试。考场如战场，我毫无畏惧地奋力厮杀。然后考试又匆匆结束，我们如释重负，就像打了胜仗，就像彻底地告别了学生生涯那样轻松。

许念诧异地问我："你考数学时怎么提前交卷了，你做完了吗？"

我微笑着："当然做完了。"

许念投来仰慕的目光，问我最后一道大题的答案是多少，我报出答案后，许念兴奋地拍着手掌，说她的答案和我的一样，那一定是做对了。

我看着她，又替她感到无比的高兴。

元旦晚会在校体育馆举行，当天晚上我才知道这次晚会的女主持人居然是余婧，仔细想想好像让她来做主持人再合适不过了。

但我有些担心等会儿报幕是由余婧来报出我和许念的名字，再让她看到我和许念在台上的深情表演，我不知道她会是怎样的感受。

余婧和几个女生的舞蹈作为元旦晚会的开场节目就嗨翻全场，台下响起一阵阵热烈的掌声和呐喊声，余婧简直犹如个明星光彩耀人。

“那个余婧可真厉害啊，又会跳舞又会主持。”许念也在我身边感慨。

而我也看得目瞪口呆，不禁在心里为她的表演鼓掌叫好。

作为主持人的余婧每一次上台进行报幕都会引起台下一阵躁动，这让我有一时间竟还有些暗暗自喜，又有多少人知道这样一个万众瞩目的女生居然喜欢的是我。

许念拽了下我的衣袖，小声说道：“马上就到我们了，我有点儿紧张。”

我递上个鼓励的微笑：“别紧张，当台下的人都是萝卜、土豆就好。”

许念皱了下眉：“一群会叫会动的萝卜、土豆……”

余婧一袭长裙走上舞台声情并茂地报幕：“接下来请欣赏下一个节目，由高一七班……”她忽然停顿了下，这让台下又响起一阵躁动：“许念和盛柏孝带来的合唱歌曲《屋顶》。”

我在舞台一侧也吓了一跳，不知道余婧为什么在报我们名字前来了个大喘气，使我平静的心态瞬间跌宕起伏了下。

余婧转身回来，我和许念上台，我们擦肩而过，她看了我一眼，面无表情，好似我们真的成了陌生人一样。我一时间心情有点儿复杂，不知道该喜还是悲，毕竟还欠了余婧那么多早餐。

我和许念在台上站好，灯光打在我们的身上，一阵热烈的掌声响起。我想很多人鼓掌可能是觉得我和许念站在一起很般配，我心里泛起一阵喜悦，感觉我们像是站在婚礼的台子上，准备接受众人的见证。

音乐响起，前奏悠扬而动听，我把握时间点举起了话筒："半夜睡不着觉，把心情哼成歌，只好到屋顶找另一个梦境。"

我放下话筒，许念举起话筒："睡梦中被敲响……"

许念歌声一出，我就愣住了，许念慌了下，台下观众更是响起一阵骚动，因为许念唱的这一句估计只有我一个人听到了，话筒竟然没有声音，还好我反应及时立刻把我的话筒递了过去，许念慌乱中连忙接过，继续唱："怎会有动人旋律在对面的屋顶……"

我忐忑不安，在这么重要的时刻，还当着全校师生的面，没想到我们千辛万苦排练的节目却在话筒上先出了差错，这下丢人不说，没为七班带来荣誉反而带来了耻辱。

这时余婧匆匆从后台跑了过来，把我手中的话筒换掉，我慌乱中心里一阵感激，拿起话筒和许念接着继续完成了剩下的部分。

我忘了牵许念的手，忘了最后给许念一个拥抱，我们在掌声中鞠躬匆匆下台。余婧又上台来报幕，擦肩而过时我轻声对她说了声"谢谢"，但她没有回我，我不清楚她有没有听见，不过也总算结束了。

元旦晚会结束，本学期最后一次班会上，苏菲亚没有怪我和许念在节目上出了差错，反而称赞我俩唱得都很好，并鼓动全班同学再一次为我和许念鼓掌。

我受宠若惊，在掌声和呐喊中坐立难安，笑逐颜开。要是苏菲亚现在叫我站起来说个什么获奖感言，我肯定全是感谢，感谢我的父亲母亲，感谢许念的父亲母亲，没有两家伟大的父母，就没有两个如此优秀的子女，感谢许念这么临危不惧的搭档，最后顺带感谢下苏菲亚，感谢苏菲亚成全我俩共同完成绝世之唱。

下一秒，苏菲亚果真叫道：“盛柏孝，站起来。”

语气有点儿怪怪的，但我还是意气风发地站了起来，把想好的台词又瞬间在心中过了一遍。

“来，你说说，你这次考试怎么考的？”苏菲亚目光紧锁着我厉声道。

我愣住了，原来不是叫我起来说感言的。

“你知道你英语考了多少分吗？7 分！只考了 7 分！前无古人后无来者的成绩，你说 ABCD 四个选项，闭着眼睛乱画也能画个几十分吧。你考个 7 分，你这是要向全世界证明你不会英语你爱国，还是想证明是我这个英语老师教得不好啊？嗯？盛柏孝，来，你说说看！”苏菲亚一脸嗔怒。

我缄口不言，保持沉默，在刚才想好的感言中收回对苏菲亚的感谢。

我看看天花板，又看看许念的马尾，苏菲亚双手撑在讲桌上看着我，我俩就这么僵持了好一会儿，她才终于再开口了。

“英语可真是够差劲的。”苏菲亚瞪了我一眼，“不过值得表扬的是，这次你数学成绩很不错，满分。”她脸上的凝重稍稍退了点儿。

全班震惊，所有人看向我，包括许念。许念冲我微笑，我也冲她微笑。

苏菲亚又说：“一科考好了不能证明什么，你更不要得意忘形，其他科目你看看有几科你是及格的？”

我点了点头，苏菲亚说得是，苏菲亚说得对。

苏菲亚又开始表扬其他人：“许念不错，这次还是班级第一，好好努力努力，下次争取超过三班的沈士生，人家这次还是稳拿年级第一。”

苏菲亚看着许念说这句话，说完还朝我这边又看了眼。这一眼意味深长，不过我可没有工夫深剖她这一眼的意思。

班会结束，本学期正式宣布结束。

许念，熬过这个寒冷的寒假，二十几天后我们再见，提前祝你新年快乐。

放假回家的第一天我没有表现出往常该有的兴奋，反而变得很沉闷，一言不发郁郁寡欢地坐在我的书桌前，我妈都看出来我的不高兴，为我冲来一杯咖啡，希望我可以兴奋兴奋。我紧盯着那杯热腾腾的咖啡，眉头皱得更紧了。

我的沉闷不是因为接下来这二十来天要饱受相思之苦，也不是因为我的成绩惨不忍睹，而是因为在我离开学校的时候，我无意间听到几个从身边走过的女生谈起元旦晚会上的话筒无声事件，说其实不是天灾，而是人祸，有人故意在幕后捣鬼，让我和许念出丑，而矛头所指就是余婧，我很惊讶。

我有些不敢相信余婧会做这种事情，但若真的是有人捣鬼，除了余婧我也联想不到其他人了。

我想了很久，决定还是算了，我也不想再追究，毕竟已经过去了，我只希望余婧不是我从别人口中听到的那样就好。

就在我决定收起我的忧郁气质的时候，我妈神不知鬼不觉地进来了，用奇怪的眼神打量着我，面色阴沉地问我：“不高兴是不是因为没有考好？你这次期末考试成绩怎样？各科都考了多少分？”

我勉强挤出个笑容来：“还不错，数学还考了满分呢。”

“是吗？拿来我看看。”我妈伸出手掌，凑到我眼前。

我从书包里把数学卷子拽出来递过去。我妈一看，兴奋道：“哟，还真是满分啊，不会是抄的吧？”

我对我妈无话可说，连自己的亲儿子都不信任。我抄谁的能抄满分啊？除非抄沈士生的，但我们又不在一个考场，怎么可能抄得上呢？

“那其他成绩呢？”我妈伸出另一只手。

我怔了下，支支吾吾一阵乱说，然后……没糊弄过去，我妈亲手从我书包中把其他试卷翻了出来。

艰难的假期时光正式开始，看来这个年啊，我要和我各科悲惨的成绩一起度过了。

二十几天后，寒假终于结束，我第一次如此迫切地期待重归校园，从我妈的魔爪中逃脱，像破壳而出的新生命一样花枝招展地跳进母校温暖宽阔的怀抱中。

这学期第一天我可没迟到，比苏菲亚进班要早得多了，我要把新学期酝酿的第一个最新鲜的招呼送给许念，以至于刚才何夏秋先跟我打招呼我都没有埋她。

“嘿，许念，新学期好啊！”

许念对我微笑："你也好啊！"

我们几个人围在一起闲聊了几句寒假都怎么过的，但我可不会告诉他们我的寒假过得有多惨不忍睹，期末考试的所有不及格试卷我做了至少不下五遍，我都敢信誓旦旦地打赌，现在若是让我再考一次，我可能会比沈士生成绩还要好。

这时候，苏菲亚珠光宝气、精神饱满地走进教室，登上了讲台。

"同学们，这个年过得好不好呀？"苏菲亚笑着问。

教室里一片沉默没有人应和她，董胖子也没有。

苏菲亚尴尬地抽了下嘴角，又强颜欢笑道："都收到了多少压岁钱呢？"

教室里还是死气沉沉，安静得出奇。

苏菲亚深吸一口气，脸上的笑容逐渐消失，低头从教案夹里拿出一张纸来，转身贴到了黑板上。

这一举动倒是吸引了所有人的注意力，连我都抻着脖子想要看看那纸上写的什么。

"这学期我们首先要对座位进行一个初步的调整。"

听到这句全班顿时就骚乱了起来，教室里终于不再那么安静。我也慌了起来，这一调整那我和许念岂不是有可能就要被无情地拆散，越来越远了吗？

我心里祈祷，苏菲亚，别啊，您大慈大悲，积点儿德吧！

“根据上学期两次考试成绩，我暂时决定把成绩优秀的和成绩不理想的同学安排坐到一起，希望成绩优秀的可以帮助带动成绩不理想的同学进步，当然成绩不理想的也别拖了同桌的后腿。”

苏非亚说这话的时候我有些震惊，若是按她这个意思，那岂不是第一名和最后一名可以成为同桌……我不禁看了看许念的马尾，又望向角落里开学第一天就在睡觉的那个期末考试考倒数第一的男生。

我长叹一口气，早知道是这样那我上次数学就不考满分了，交个白卷，肯定轻松夺得最后一名。

我抻长脖子，屁股离开椅子，睁大着眼睛，努力往黑板上的纸上看，现在就想要看到谁和我能成为同桌，与此同时我想到了那个考倒数第一的男生期末有三科是缺考，不然他也成不了最后一名。

苏菲亚大概是看到了我夸张的举动，叫道：“盛柏孝你看什么呢？成绩这么差，你就等着被安排吧，没得选择！”

“那苏老师谁是我的同桌啊？”我斗胆问。

“苏老师？”苏菲亚有些蒙。

我愣了愣，才想起苏菲亚真名叫赵敏，叫错了，我连忙改正：“赵老师，赵老师。”

苏菲亚皱着眉：“鉴于你还算聪明，只要肯认真学还有希望，这学期许念就勉为其难和你做同桌吧。”

什么？许念？

听到许念的名字，我顿时震惊得愣住了，一屁股落了下去，这简直要比苏菲亚把她全部存款直接摔我脑门儿上给我当压岁钱还要令我猝不及防。我现在心潮澎湃激动不已，我此刻应该做点儿什么来表示我的感谢呢？

苏菲亚你简直就是转世月老，我回去就给你烧香磕头，要是将来我和许念修成正果了，我们的婚礼上苏菲亚你别客气拖家带口地来，敞开了肚皮随便吃，我保证不收你一毛份子钱。

“怎么，不愿意啊？”苏菲亚明知故问。

我点着头：“愿意，愿意。”

“不要拖累了许念。”

“不会，不会。”我又摇着头。

我盯着阳光下许念微微晃动的马尾，嗅到她头发上散发出的仿佛春天的气息，我不禁在心里感慨：春天来了，万物复苏，又到了小动物们嬉戏玩耍的季节。

与许念正式成为同桌的那一刻，我恍如隔世，有种如入梦境的错觉，许念对我温暖善意地微笑，让我仿佛靠近了个天使。

我指着许念旁边的座位害羞地问：“我可以坐下吗？”

许念点了点头：“当然啊。”

我沉稳地乖乖落座，偷偷地用余光瞄了几眼与我肩并着肩挨着的许念，紧张到不敢随便呼吸。从此我不用再盯着许念的马尾了，我可以随时盯着她的侧颜，看她专注学习的样子，看她的喜怒哀乐。

我安静地坐着假装看书，体会着与许念成为同桌的不可思议。

这时候我的左肩被用力拍了下，我扭头往后看去，见何夏秋冲我挑眉怪笑。

我皱起眉头，现在何夏秋所坐的位置就是原来江晨的位置，而江晨呢，坐在了我的身后，成了何夏秋的同桌，从此再无窗台可靠。

我在想江晨要是真喜欢何夏秋的话，那苏菲亚把他俩安排在一起的这个决定就有点儿不太好了，何夏秋已经是“有妇之夫”了，让江晨和何夏秋成为同桌，这对江晨也太不公平了。江晨简直生不如死有苦说不出，只得默默独自一人饱受爱而不得还要天天被秀的痛苦了。

“恭喜你喽！”何夏秋说。

恭喜？莫非何夏秋也看出了我的秘密？我惊讶。

“也恭喜你。”我回道。

“你恭喜我什么？”

“恭喜你靠窗近，想跳就跳。”我随口一说。

“我以前还不是靠窗坐，要跳早跳了。”何夏秋撇着嘴笑了笑，

“盛柏孝你就放心吧，我呢，这辈子无论在我身上发生再糟糕的事情，我也不会选择跳楼的。”

许念看着我俩，而我看着何夏秋的笑，却好像有种说不上来的奇怪感觉。

“恭喜你和许念成为同桌，以后你的成绩可以直线上升。”何夏秋在空中画了一条直线，画得很高。

我微笑：“也祝你的成绩可以直线上升。”我也在空中画了一条直线，也画得很高，但在半空中又坠了下来。

何夏秋白我一眼，我又看向江晨，他右手撑着脑袋，对着空气，眼神游离在我们之间。说起来也奇怪，江晨这家伙明明和我几乎一样的学习状态，没想到期末成绩可以一下子前进二十几名，直接冲进班级前十。我都不得不搓着下巴对他刮目相看，越加怀疑他虽然不动纸笔，但脑子里却一直在思考着问题，或者每天回家他也都在熬夜背地里偷偷学，果然藏得可够深的啊！

不知是我还没有尽快调整好坐在教室上课该有的状态，还是因为我的同桌现在不是江晨而是许念，我竟然意外地在这几天的课上没有睡过一次觉。尽管可能我并不是在听课，但我也坐得笔直，目视黑板，样子看上去认真得像是董胖子。

有几次何夏秋用笔用力地戳我的后背，比之前我戳她那样还要用力，我回头怒目瞪她，则看到何夏秋传承了之前江晨左手撑脑袋靠在窗台上的习惯，然后上下摆着另一只捏着笔的手，有气无力地说：“低点儿，低点儿，你挡着我看黑板了。”

我无奈只得猫腰下去，但还是听到何夏秋用恨铁不成钢的语气抱怨道：“哎，该睡觉的时候不睡觉……”

我强颜欢笑。

校广播站大概是重新换了站长，最近播放的音乐越来越经典怀旧。

那天我趴在桌上思考人生与人生大事的时候，广播站放了一首所有人耳熟能详的老歌——老狼的《同桌的你》。这首歌红遍大江南北的那年，也正是我出生的那年，许念也是那年出生的，要说我俩还真是有缘。

我边听着歌曲，边偷看着专心致志做题的许念。

谁娶了多愁善感的你，谁看了你的日记，谁把你的长发盘起，谁给你做的嫁衣……

许念，此刻这几句歌词听得我有些感伤和恐慌，不知道你是不是也有同样的感受。我真怕有一天同桌的你成了别人的新娘，而同桌的我也成了别人的新郎，我心头一阵复杂。片刻后，我再次坚定信念，我想我要娶你，我要看你的日记，我要给你盘头发，我要给你……算了，嫁衣还是交给别人做吧。

歌曲继续进行:

你也曾无意中说起，喜欢和我在一起……

听到这儿时，我没忍住小心翼翼地轻声试探着问了句:“许念，你喜欢和我在一起吗？”

“什么？”许念侧过头来一脸疑惑地看向我。

大概是我刚才声音有点儿小，许念没有听清楚，但我已经没有勇气再问第二次了，于是我立刻说道:“没事，没事。”

我别过头去，闭上了眼睛。

你总说毕业遥遥无期，转眼就各奔东西……

许念感叹道:“毕业，转眼，各奔东西。”

我压着胳膊点了点头。

我也会给她看相片，给她讲同桌的你……

许念忽然问我:“盛柏孝，你将来会不会给你的那个她看我的相片，然后给她讲我呢？”

我睁开了眼睛，没有扭头去看许念，陷入淡淡的思绪中。

半刻后，许念再问:“会不会呢？”

“不会。”我答。

“为什么呢？”

“不知道。”

第十章

我，盛柏孝，喜欢许念，想一直喜欢下去

那天放学，我本想着和许念一起下楼，但许念要我先走，说她要等会儿再走，我也没多问点点头就先走了。

我独自一人在车棚跨在单车上，百无聊赖地等沈士生等了半天也不见他人出现。要不是顾虑到在三班门口可能会撞见余婧，再惹来一身尴尬不值得，我早就冲进三班把沈士生像拽萝卜那样活生生给他拽出来，再痛批他一顿，害我等这么久。

我抱着胳膊继续等，直到车棚的车子陆续都被取光，只剩下了沈士生一个人的车子。我终于等不下去了，于是我踩着单车往教学楼骑去，恨不得直接骑上三楼，骑到沈士生的面前问个究竟。

但是我刚骑到楼下不远，就看到沈士生不慌不忙地下来了，于是我在原地停了下来，一言不发地盯着沈士生，希望能盯到他为自己的过错感到羞愧，感到脸红，主动过来给我道歉，请我吃饭喝饮料赔不是。

但我想多了，沈士生并没有搭理我，从我的身边走过，看都没看我一眼，一脸沉重。

我愣了愣，心想沈士生该不会是遇到什么事儿了吧，平时即便装严肃不说话，但也不会在脸上呈现出这样的表情，一定是遇到事儿了。

我转个弯追了上去："你这是怎么了？"

果然不出所料，沈士生没有回答我。

"沈士生，你不会遇到事儿了吧？"我锲而不舍地继续追问，"遇事别怕，找我啊，搞不好我能帮你解决呢。"

沈士生看了我一眼，眉头轻皱着："安静，别说话。"

我愣住了，刹车，看着沈士生的背影远去，有点儿搞不懂他。

接着，我又在车棚里目视着沈士生拿着车钥匙呆站在单车旁半晌后，沈士生才终于动了动，面露笑容，然后看着我说道："那道物理题老师讲错了。"

尽管我不近视也没有眼镜，但我也大跌眼镜，没想到搞了半天，沈士生是在思考问题啊。不愧是年级第一，我不禁为他竖起大拇指，对学习如痴如醉，不疯魔不成活。

我和沈士生骑车出了校门，才刚刚骑出去，我猛然直接刹车停了下来，沈士生看都没看直接撞到了我的车屁股上，差点儿把我撞翻，我连忙站稳。

“怎么骑车的？”沈士生骂道。

而我此刻根本没有工夫跟沈士生计较他骑车不长眼，因为我现在看到了许念，以及和她面对面站着的一个男生，我还瞬间想到了许念放学时让我先走。

若看到的是个静止的画面，我肯定会吃醋，没想到许念会和别的男生站在一起，甚至我会猜疑那男生可能是许念的男朋友。

但我看到的是个动态的画面，我远远地看到那男生似乎在笑，而许念背对着我，她什么表情我看不到，然后那男生说着说着向许念走近了一步，许念同时向后撤了撤，那男生紧接着抬起手，把手直接往许念的肩膀上探去，许念闪躲不急，被那男生抓住了。

我察觉不对劲，连忙跳下车子，跑了过去，同时听到车子在我身后哐啷倒地的声音。

我出现在许念的身后，一把紧抓住那男生的手腕，直接把他的“爪子”从许念的肩膀上拿开来。

那男生一愣，抬头看我，叫道：“你谁啊？”

许念赶紧闪开，才发现是我，惊讶道：“盛柏孝！”

我看了眼许念，见她毫发无损就放心了，只镇定地说：“你躲远点儿。”

许念连忙躲开几米远。

那男生一番挣扎，倒是摆脱了我的手，但他没有跑开，反而挥起另一只手朝我砸来，还好我反应及时，闪躲开了，不然我估计他这一拳的力道可以砸断我的鼻梁骨。而我也不是好惹的，还击过去，他就不那么幸运了，直接被我砸到了脸上，倒是够坚强的，没有倒地，踉跄站稳后，吐了一口唾沫，又扑了过来，立刻与我扭打到了一起。

许念没有为我加油，反而大叫着：“别打了！别打了！”

在我略微有点儿分神的时候，那男生急速向我挥来一拳，这次真的似要来砸断我鼻梁骨，而我清楚地意识到恐怕已经没有时间闪躲了。我宁死不屈地准备受他这一拳，但他的拳头却在离我眼前半公分的距离处停了下来。

是沈士生，他及时地阻挡了这一拳。

我顿时心里流露出万分感激，若不是沈士生我这光洁的脸上可要挂彩了。

沈士生总是能在关键时刻表现出过人的沉着冷静，他紧抓住那男生的手腕，那男生龇牙咧嘴地叫着，然后随着沈士生坚定的步伐往后退去。

沈士生一句话都不说，只面无表情地盯着那男生颤抖的眼睛，这让我想到了电视里那些大侠出场的样子，简直让人激动不已。但我激动不起来，因为沈士生在许念面前抢了我的风头。

我连忙上去一掌压在那男生的肩膀上，冷冷地说："你知道这女生是谁吗？你都敢乱碰。"

"不知道，不知道，两位哥，放了我吧，我再也不敢了。"

大概是沈士生手上的力度有点儿大，那男生面部一直扭曲着，我也在手上加了点儿力，扣住了他的肩膀，那男生的面部表情更加五味杂陈复杂起来。

"以后最好不要让我再看到你，不然打断你的狗腿！"我恶狠狠地厉声道。

那男生吓得连忙点头，而沈士生大概也被我震撼到了，侧目瞄了我一眼。

沈士生丢开了那男生，那男生脸上的表情才稍稍轻松了点儿，但我还没松手，又用眼神警告了男生一遍，才放开了他，然后那男生头也不回地匆忙跑开了。

我问了许念什么情况，才得知原来那男生在放学的公交车上遇到过许念几次，并开始对许念进行骚扰，许念今天放学晚走也是故意想要躲开那个男生，不想再遇到他。

我听得愤愤不平：“这种事儿你应该早点儿告诉我啊。”

许念有点儿委屈：“我也没想到他今天会动手动脚的。”

我想想我刚才的语气似乎有点儿不好，于是赶紧安慰道：“还好今天我们也出来得晚，没事就好，以后再遇到这种事可不要隐瞒了。”

许念点了点头，然后冲我和沈士生道谢：“刚才谢谢你了，盛柏孝，还有谢谢你，沈士生。”

我微微笑着，沈士生愣了下，也微微勾了下嘴角。

我们送许念安全坐上了公交车，才离开。

沈士生调侃我：“没想到你这么弱，都负伤了。”

我看了看手指，确实不小心擦出了个红通通的小伤口，不过也无大碍，于是撇嘴说道：“这也算是伤吗？小意思。”

“她怎么知道我的名字呢？”沈士生问。

“你可是年级第一，风云人物，谁人不知啊！”

“也是。”沈士生点了下头，一点儿都不谦虚。

一年一度我的生日，我本想着要办得风光体面一点儿，比如请全班同学包括各科老师都下馆子去，那样我就可以收到不少礼物，顺便和这些人都打好关系，朋友不嫌多，日后必有用。但我又仔细地清算了下我攒下来的压岁钱，我想要是请那么多人，顶多一人一碗清汤面，略显不合适。

于是我狠心削减了部分没必要请的人，于是现在到场的加上我一共有六个人，我和许念，何夏秋和杨熠，光棍沈士生和江晨，正好三对，一行人不多不少刚刚好，也不会显得我囊中羞涩。

我们在餐馆围绕一张圆桌而坐，所有人直接先把礼物给我推了过来，除了沈士生。

说起来沈士生前前后后参加我生日聚会不下十次，也就在最初的几次送过礼物，不过这也不怪他，都怪我每次把他精心准备的礼物又在他生日上原封不动地还了回去，以后我俩的生日就取消了送礼物环节。我们坚不可移的友谊可不会因为少了几个小小的礼物而被冲垮，我们在生日当天依旧可以过得如往常一样自然。

我举着一杯可乐叫道“今日我们不醉不归”，仰头一口闷下。

我没想到我的生日聚餐上大家果真是来聚餐的，几个人无一例外地祝我生日快乐后，就是埋头吃。

沈士生几乎不说话，我注意到他把筷子弄湿在桌子上画了几个数学符号和数字，我佩服得五体投地，到哪儿都能学习。江晨也话少，品鉴着每一道菜肴，默默地估算着菜里放了多少种调料。许念偶尔也动动筷子，然后更多的是微笑着看看这个看看那个。只有何夏秋和杨熠不停地在交流，谈天论地聊八卦。

我唏嘘叹了一声，没想到我这个本该戴着生日帽、吹蜡烛的主角却悄然被忽略了。我插话，问这个问那个，但他们只简单应答，或者只点头摇头。

沈士生忽然抬头冲我说了两个字：“到了。”

我一愣，没懂。

然后，见到有人提着一盒生日蛋糕朝我们走了过来。我大惊，原来沈士生是带礼物来的啊，难得难得，我顿时感动得不知所措，这样一想刚才沈士生是在算蛋糕何时能送到，我越加佩服他了。

我简单粗暴地在无生日歌的伴奏下吹了蜡烛，切了蛋糕，然后餐馆老板娘走过来警告道：“蛋糕只能吃，不能乱扔乱砸。”

我们几个人点着头，乖乖地把蛋糕吃得一干二净。

餐后我们悠闲地沿着餐馆外面的路散步消食，我们并排走在无车的路中央，大有迈步走红毯的荣耀感。

我们谈天论地，访古说今，我们在河边驻足，任由春风温柔地拂面而吹。

“你们的理想都是什么呢？”作为学长的杨熠忽然问道。

我们面面相觑，陷入沉思，生怕说完理想后，杨熠会紧接一句“请开始你的表演”。

“我想走出这里，去更多没去过的地方，天涯海角。”杨熠先打了个样。

“我的理想也是去天涯海角。”何夏秋紧跟着表态，两个人相视一笑，心照不宣。

我可没这样的理想，也从未想过要走出这里，这个地方这么好，要我在这里结婚生子待一辈子我都愿意。

许念说：“我现在就想好好学习，将来考到一个理想的大学。”

我想了想，我的理想之一应该是考到许念将来考到的那个大学。

杨熠再看看我们三个。

江晨沉默了下，然后嘴角露出个淡淡的笑来，说道：“我没什么理想，我只希望大家每个人都会更好。”

我看了眼江晨，轻松地笑着说：“我和江晨一样，希望大家都好。”但我的目光却更多地落在许念身上。这句话是冲着许念说的，我想告诉许念：我，盛柏孝，喜欢许念，想一直喜欢下去。

沈士生总是不在状态，我拍了拍他，他才反应过来。

“哦，我也是想考到理想的大学。”沈士生平静地说，他这个理想我在小学的时候就听他说过。

大家分开后，我和沈士生慢悠悠地往回家的方向骑行。

我说："谢谢你的蛋糕，我还以为你什么都没准备，真的空手来呢。"

沈士生笑了下，我在他的笑中仿佛察觉到他是故意抛砖引玉，期待着我到时候在他生日上给他送个更大的蛋糕。

我问："沈士生，你觉得何夏秋和许念谁更好看呢？"

沈士生只看了我一眼，没有回答。

"要是让你在何夏秋和许念之间挑一个，你选哪个呢？"我想沈士生要是选许念，那就证明我的选择是对的，沈士生最擅长做选择题了。

沈士生愣了下，然后面无表情地说："无聊。"

"你有没有发现许念很好看呢，有一种独特的气质，让人赏心悦目。"我话中透露着对许念的喜欢。

但沈士生没有做任何评价。

"如果有个这样的女生做你的女朋友，你愿不愿意呢？"我嘴上问着沈士生，心里却是在问自己。这个问题的正确答案只有一个，容不得犹豫，当然是愿意了，一万个愿意。

但沈士生还是没有回答我，脚上还加快了速度，我也加快速度追了上去。

"你喜不喜欢许念这类女生呢？"我问着沈士生，心里却开心得不得了。

不过沈士生依旧沉默。也幸好他没说话，若是他真的开口回答了“喜欢”两个字，那我该怎样去理解他嘴里这两个字的含义？若答案是我不想听到的那个含义，接下来的尴尬境遇又该怎么收场？沈士生会挥着手说他开玩笑的吗？但我知道他才不轻易开这种玩笑。

“你和余婧最近怎么回事？”沈士生岔开话题。

“什么怎么回事儿？根本就没什么事儿！”我叫着。

那天临近放学，许念把一道平面解析几何题塞给了我：“盛柏孝，这道题有点儿难，麻烦帮我看看。”

“麻烦？一点儿都不麻烦。”我笑了笑，兴致勃勃地开始看题。

可看着看着，我就皱起了眉头，因为我今天在数学课上不小心睡着了，所以讲的东西我几乎没有听，解题要用的知识点和公式我现在也糊里糊涂的，但我不服输，我翻开课本，边学边解。

半晌过去，放学都十几分钟了，我的演算过程画满了两大页草稿纸都还没把正确答案给破解出来。我搓着下巴，冥思苦想，眼睛一眨不眨地继续凝视着这道让我难以攻破的题目。

“如果有点儿不好做，还是明天再来看吧。”许念劝我。

“不行，这题已经吊起了我的胃口，现在不解决掉我都不想回家。”我说。

许念笑了笑：“好吧好吧，那你再看看吧。”

大概又过了十分钟的样子，班里的人都陆陆续续走光了，只剩下了我和许念，我急得焦头烂额，怎么做都不对。

许念并不着急，坐在一旁也认真地思考着这道题，但也是毫无头绪。

就在我脑海中似乎又萌生出一个解题思路的时候，我却被打断了。

许念拍了拍我，示意我向外面看，我扭头看过去，发现是沈士生。

我愣了下，沈士生难得地又出现在我班门口，不知道他此次前来何事，但我转念一想沈士生这年级第一现在出现简直是救世主降临，我立刻招手让沈士生进来。

但沈士生没有理我，可真不给面子，于是我起身亲自过去，把他连拉带拽地请进了教室。

沈士生一脸茫然地问我：“干什么？”

我说：“有个小忙请你帮。”

沈士生眉头紧皱，似乎预感到有什么不好的事，直到被我押着坐到了我的座位上，他看到眼前的题目，才恍然大悟。

“把这道题做出来我就放你走。”我强硬地说，然后冲许念挑了挑眉。

许念表情怔怔的，似乎不敢相信现在年级第一就坐在她的身边。

沈士生没有反抗，低着头大概看了看题目，然后拿起笔很流畅地开始在纸上写解题步骤，没半分钟就写完了。

我抓起来一看，不禁佩服，解题思路清晰，连字迹也工整。

我拍着沈士生的肩膀：“不错，不错，恭喜你做对了。”

沈士生站了起来，对我的赞誉没一点儿高兴的反应。

我把这张草稿纸交给许念：“这个大概是对的，你看看吧。”

许念看了眼沈士生，然后把草稿纸夹在了书里，笑着说：“我回家再看。”

后几日，我越加发现许念有点儿不对劲，上课不专心，偶尔还不自觉地偷笑。

我问：“许念，你是不是中奖了，最近看起来怪怪的？”

“哪有？”许念故意咳两声，摇摇头，摆出一副严肃的样子继续看书。

我继续偷偷地观察着许念，许念发现我在看她，问道：“盛柏孝，你干吗一直看我啊？”

我才不会告诉她是因为她好看，值得看。我只撇了下嘴，挪开视线，闭着眼睛趴到了桌子上。

片刻后，我听到许念在我身边用小女生的语气说道：“那个沈士生穿白衬衫还挺好看的。”

我说：“我穿白衬衫也好看。”

“可没见过你穿。”

“改天穿给你看。”我转过头来冲许念微笑。

许念摆了摆手，我又转了回去。

“沈士生是不是从小到大学习都那么好呢？”

“是。”我答。

“那是不是有很多女生都喜欢他呢？”

“嗯，好像是有几个。不过他的灵魂是无趣的，所以那些喜欢他的女生很快就不喜欢他了。”我说道。

“哦。”许念应道。

我又转了过来，奇怪地看着许念，然后问：“你怎么一直提沈士生？”

“没有吧。”许念赶紧挪开视线，往书上看。

我小心翼翼地再问道：“许念，你是不是……也喜欢上沈士生了？”

“啊，没有，没有。”许念立即辩解。

我笑了下：“没有最好。”

许念面露疑惑地看向我，我只微笑。

但我转过头后，我脸上的微笑就沉了下去，以我多年的经验，女生说没有那就是有。

许念喜欢沈士生，这对我来说可不是个好消息，即便真如许念所说那样没有，那我也必须把她这种刚萌发的情愫给她扼制在摇篮里，对沈士生产生一点点好感也不行。

我告诉许念："其实沈士生这个人有很多缺点。"

许念看向我，一脸的不相信。

于是，我不得不坐起来给她郑重地举例子："沈士生呢，首先他很邋遢，别看他平时穿得干净整洁，其实在家里他蓬头垢面的，一点儿都不注意个人卫生；其次他大男子主义，做任何事都以自我为中心，从来不考虑其他人的感受；最后他自私自利，很吝啬，就算请女生吃个饭，他都要 AA，甚至让女方出钱。"

听完我说的，许念脸上露出更多的不相信："你这是瞎说的吧，我怎么没从他身上看出一点儿你所说的呢？"

我笑了笑："你和他才见过几次面啊，没看出来的多着呢。"

许念撇了下嘴说："我才不相信你说的呢，我看这些都是你在说自己吧？"

我无言以对："信不信由你吧，可千万不要被沈士生的外表蒙骗了，我可是用了十几年的时间才深度剖析沈士生到这个层次。"

"是吗？"

我点点头，暗暗自喜。

那天，我一个人趴在桌子上无聊地看着董胖子。说起来，董胖子自这学期开始就没再来问过许念问题了，还真是个不专一的家伙，不过也算他有自知之明，要是再敢来定有好果子吃。

董胖子最近一直和班里另一个略显丰满的女生走得很近，两个人整日在教室里拉拉扯扯、嬉皮笑脸的，很是不像话。但是我们谁都没有站出来阻止他们，我们静观其变，想看看他们两个人之间是否能擦出什么火花。

我们看到董胖子的猪肉脯只分给了那个女生，看到董胖子耐心地给那女生答疑解惑，给她提供作业抄，看到董胖子在体育课上陪那女生一起跑圈。

我们简直被秀得一脸油腻，我们不停地擦着脸上的羡慕和嫉妒，同时还期待着董胖子做得更多，比如他当众勇敢地表白，然后我们压注赌那女生是点头还是摇头，但是这一天的到来似乎有点儿漫长。

另外说说那个女生，当时我和江晨还坐在一起的时候，我就多次看到那女生回头朝我们这边看，我一度认为那女生是在看江晨，所以我总是故意拿江晨和那女生开玩笑。不过，江晨不计较，对于我的玩笑也不当真。后来直到我发现那次班里几个女生之间的校花校草评选时说出我名字的那个人竟然就是那女生，我惶恐不安，变得不淡定起来，生怕她忽然为爱勇敢，做出什么世人无法理解的举动，然后和我传出什么不好的绯闻，这样世人将会用什么样的眼光来看我呢，简直不敢想象。

不过，我的担心似乎都是多余的，我不知道那女生是不够勇敢还是故意按兵不动，她和我之间几乎没有什么过多的接触，偶尔狭路相逢，我对她说过最多的也就是“借过”两个字，她总是很慷慨大方地借给我“过”，从来没让我还“过”。

我不知道董胖子什么时候能捅破这层纸，但我真心祝福他可以尽早牵着那女生的手，两个人可以不顾世俗的眼光，奔走在学校的操场和食堂。

那天体育课上，许念大概也是被董胖子和那女生两个人秀得分了神，跑步都忘了看路，结果不小心摔倒了。

身为体育课代表兼同桌的我以迅雷不及掩耳之势出现在许念身边，担心得要死：“许念，你怎么摔倒了？你没事吧？”

许念眉头微微皱着，强颜欢笑道：“没事儿。”

但同时赶过来的何夏秋检查了下许念的脚踝，才发现许念的脚踝已经肿了起来。

我盯着许念的脚踝惊讶道：“怎么肿得这么厉害，许念，你痛不痛啊？”

许念故作镇定地摇了摇头。

在何夏秋的帮助下，我把许念扶了起来，脑子里闪过直接把许念抱到医务室的想法，但我还是没那么大胆，许念最终在我和何夏秋的搀扶下，一只脚蹦蹦跳跳到了医务室，进行消肿。

直到放学，我才终于实现了我从高中开学第一天就有的一个宏大的愿望。

放学铃声响了后，许念看着我说："还得麻烦你送我去坐公交车呢。"

我说："我直接送你回家吧。"

"不用了，不用了，我可以坐公交车。"许念连忙说。

我说："那你可想好了，放学人多，车上人挤人，一定没座位，也未必有人给你让座，万一一个急刹车，那你的脚踝承受得了？下了车还有一段路程要走……"

许念歪了歪嘴，陷入沉思。

这是许念第一次坐在我的车后座，她没有搂着我的腰，没有靠在我的背上听我的心跳，她更不知道我现在的心跳有多快。

她安静地侧坐着，我小心翼翼地骑着，骑得缓慢，就莫名好像有种载着女朋友的浪漫感觉。

我此时沉默不语，不是我不想说话，只是我觉得能够和许念有这样安静相处的状态我就已经很满足了，我享受着旁人投过来的充满羡慕嫉妒的目光。

身后的车按着喇叭，催促着我骑得快一点儿，但我才不理会，这样美好的时光，能多争一秒是一秒。

许念拍了下我：“盛柏孝，快一点儿，后面都堵车了。”

我回头一看，果然屁股后面跟了好几辆车，都在按喇叭，可真聒噪，于是我只得稍稍加速为他们让开一条路。

我载着许念穿梭在小镇的大街小巷，这让我想到了宫崎骏《侧耳倾听》里月岛雯坐在天泽圣司车后座的幸福唯美画面。

数年后，从意大利回来的天泽圣司向月岛雯求婚，得到了回应。而数年后，若是我向许念求婚，会不会得到许念的回应呢？我偷偷地幻想着。

很快，我把许念安全护送到了家门口，许念万分感激，我厚颜无耻地接受。

“你家和我家顺路吗？”许念问。

我连忙点头：“顺路，顺路。”然后随便乱指了个方向。

辗转回家的路上，我开心得合不拢嘴，就算许念和我一个住在北，一个住在南，我都不会嫌路途遥远，我会在所不辞地送她回家。

第十一章

那我就继续偷偷地喜欢着你吧

后面的几天，我连续抛弃了沈士生，让他独自一人回家。我主动担任每天护送许念回家的职责，许念多次婉拒，但我态度坚定，她最终只好妥协。

那次我送许念回家后，许念告诉我说：“盛柏孝，这几天谢谢你了，我已经好得差不多了，明天你就不用送我了。”

我愣了下，总感觉这样美好的经历还没开始就要结束了，于是我赶紧争取道：“越是好得差不多了，这个时候越是要谨慎，不怕一万就怕万一。”

许念看着我几秒，然后扬着嘴角笑了笑，似乎觉得我说得有那么一点点道理。

“嗯……那好吧，那明天最后一次了。”许念笑着说。

“好，就这么说定了。”我点着头，没敢奢求许念再多给我一次机会。

那天，我弄来一件与沈士生一样干净整洁的白衬衫穿在身上，梳着整齐的头发，就差告诉许念也提前配合着我穿上白衬衫，然后放学坐在我的单车上，那时候我们一定可以像电影里那样，穿越回那个单纯且美好的白衣飘飘的年代。

我穿着白衬衫出现在教室的时候，许念看我的表情是愣住的，一直到我在座位上坐下，她都还是愣愣的。

我冲她淡淡地微笑，透过玻璃窗照进来的阳光让我觉得有点儿刺眼，我眨了眨眼睛，然后看到她笑得有点儿奇怪。

许念伸手指了指我，然后又指了指我的身后。

我诧异地回头看，才发现江晨今天居然也穿着一件白衬衫，若无其事地靠在椅背上，乍一眼看去，两件衬衫还真是一模一样毫无差别。

“这都能撞衫！”我惊呼，然后质询江晨，“你一个不穿衬衫的人，今天怎么也穿衬衫了？”

江晨淡定地回道：“你不也一样吗？”

我无话可说，这世上最令人尴尬难堪的事情莫过于撞衫了。

何夏秋在后面痴痴地笑着："我说你俩今天穿这么白净是想干吗，是要搞个组合还是给谁做伴郎啊？"

我深吸一口气，没有回头争辩。我今天这么穿可是有目的的，但我可不会提前告诉任何人我隐秘而伟大的计划。

昨天许念答应让我再送她一次，于是回去后我就大胆地做了个猜想，我想许念这算不算故意把我逼到绝境，然后再给我一根救命稻草，让我可以在最后时刻抓住机会，勇敢地说出自己的真实想法。

女孩子的心思还真是难猜，我辗转反侧思来想去一晚上，最终决定不管许念是不是这个意思，我都要抓住机遇，在最后一次送许念回家的路上向她吐露埋藏在我心中一个多学期的心声。

我在心里猜测着，我告诉许念说我想像现在这样每天送她回家的时候她会不会拒绝，我很想告诉她，她对我来说才不是普通同学那么简单。

现在已经放学了，我载着许念慢悠悠地骑着，我在怦怦乱跳的心跳声中不断琢磨着我该怎么说出那些话。或许是因为有点儿分神，我车头不稳，车身随之剧烈抖动了几下，许念吓得叫了一声，同时下意识地抓紧了我腰间的衣服，还不小心抓到了我腰上的肉。

一阵剧痛袭来，我咬牙忍住，赶紧扶稳车头。

许念立马撒开手：“对不起啊，我是不是抓疼你了？”

我说：“没有，一点儿都不疼。”

许念没有说话。

我的车速越来越慢，越来越慢，已经慢到比走路还慢，不过许念没有催我，我们彼此沉默。有一瞬间我在想，许念会不会也一整晚没有睡，也思考着什么，或许是在想在听到我表露心声后，她该做出怎样的正确回应。

尽管我骑得再慢，但是时间总是无法被人刻意延缓，我忽然一抬头，发现许念的家已经近在眼前了。

我咽了口唾沫，张了张口，但是一个字都没吐出来，然后又沉默了。几秒后，我再开口，说：“许念……”

“嗯？”

“快到了……”我紧张得实在说不出什么，于是我又赶紧合上了嘴。

“哦。”

我再次沉默，把最后一点儿路程骑得更慢了。

片刻后，许念问我：“你今天干吗突然穿衬衫了？”

我说：“你不是说穿白衬衫好看吗？”说完，我不自然地勾了下嘴角。

“哦，是因为我说沈士生穿白衬衫好看吧？”许念说。

我本想紧接着问许念我和沈士生谁穿更好看，但话到嘴边却变成了：“那我这么穿不难看吧？”

许念没有犹豫，很直接地说：“不难看。”

我屏着呼吸，心里不断往上涌的话都奇怪地堵在了咽喉处，怎么也吐不出来。

然后，终于到了，许念从车上跳了下来，走到我面前，冲我微笑，同时我把右手塞进了口袋里捏住了我提前写好的情书。

“谢谢你了。”她的声音好听又诚恳，让我一下子恍惚觉得我们确实不是普通同学那么简单，还是很要好的异性朋友。

我微笑着点了点头，手上捏得更紧了。

许念继续微笑着说：“那明天你就不用送我了。”

我说：“好。”

许念后撤两步，挥着手说：“你早点儿回家吧，明天再见。”

我很顺畅地松开情书，把手从口袋里抽了出来，举起来挥了挥，说：“再见。”

然后许念转身跑开了，看来她的脚确实已经好了。

我呆呆地在原地又看了许念背影几秒，她的马尾在身后跳动着，很是可爱，但又生怕她忽然回头发现我竟然还没走，于是我脚下发力，踩动车子，骑出几米后，我不自觉地又回头看了眼，发现已经看不到了。

不知道为什么现在我竟然有种如释重负的感觉，没有一点儿紧张，也没有后悔我终究还是没有说出那些话，没有把情书交给许念，或许我和许念最好的状态就是现在这样，我也无须这么着急地就打破这层单纯简单的关系。

许念，那我就继续偷偷地喜欢着你吧。

我们的学习和生活照常进行着，没有任何改变，苏菲亚的脾气依旧像活火山那样不稳定，活该到现在还单身；董胖子和那女生还暧昧地纠缠在一起，两个人的关系也没个确切的答案；杨熠还是每天都会来等何夏秋一起放学；江晨呢，也总是在他们走之后才走；而我和许念已经超越了普通同学关系，变得亦师亦友，因为许念，我扩展了几个科目，更全面地发展；沈士生还是孤独地一个人守着他的年级第一名头衔。

时间总是悄然流逝得让人觉得猝不及防，本学期过了一大半了。

那天我静静地趴在窗边往楼下球场上看着，幻想着若是我有贩卖时间的才能，那我岂不是可以赚不少钱，还可以永葆青春，把许念永远定格成像现在这样年轻可爱，想想心里都乐开了花。

杨熠在球场上挥洒着热血的青春，刚刚还喊我下去，但我果断拒绝了。因为我穿着洁白如雪的白衬衫，我可不想弄得又脏又臭的待会儿再坐到许念旁边，即便许念出淤泥而不染，但我也不想把任何一点点不好的气味带到她身边。

防守杨熠那男生的小动作可真多，我都有点儿看不过去了，还好杨熠脾气好，要是让我和那男生对抗，我准能一球砸到那男生的脸上。

何夏秋也趴在我旁边看杨熠打球，表现出专心致志的样子，好像她能看懂似的。

我问："你看得懂吗？"

何夏秋痴痴地点头，满脸洋溢着幸福。

我真想随口说几个篮球规则让她给我解释解释，一本正经地给我不懂装懂，但我没说，又稍稍再看了一会儿，我坐回到座位上，比起看球赛还不如看许念做作业有意思呢。

没几分钟，何夏秋忽然呼唤我名字，但我还在出神中，许念把我叫醒。

我朝何夏秋望去，见何夏秋已经从窗台上爬了起来，她指着窗外一脸的焦急，看起来慌里慌张的。

我皱了皱眉，随即站起来往窗外望去。

我大吃一惊，刚才还十分和谐友谊第一比赛第二的球场上现在却混乱不堪，一群人扭打在了一起，很是热血。

班里所有人都挤到了窗边看热闹，何夏秋转身挤出人群跑出教室，而我也顾不得看，跟着跑了出去。

我们跑下楼，到了操场上时，战况越加激烈，这里面除了杨熠，还有好几个熟人。

我站在原地有些不知所措，纠结着该拉架还是该参与进去，何夏秋大概也被这场面震撼住了，满目惊恐地僵在原地。

我看到有好几个人在围攻杨熠，而杨熠果然是个不容小觑的狠角色，逮着眼前那个男生就往死里揍，旁边的人他都置之不理，场面触目惊心，顿时激起我一腔的热血。

我摩拳擦掌准备救杨熠于水火之中，但此时校保卫处一群挥着警棍的校警不知道从哪儿喊叫着冒了出来，吓得这群人四下逃散，只剩下负伤严重的几个人实在没逃得了，被逮住了。

杨熠被揍得够呛，但我还是看到他顽强不屈地站了起来，令人心生敬畏。而被他揍的那家伙，躺在地上奄奄一息，满脸是血。

我此刻忽然不担心杨熠的伤势，倒是不得不先担心被他揍的那家伙，真怕他被揍死了，那杨熠岂不是甩不掉这个锅了？我脑子里立马蹦出四个可怕的字来——杀人偿命！

校警死死地抓住杨熠，似乎在用眼神告诉杨熠插翅难逃，但杨熠压根儿就没想着要跑。

何夏秋扑了过去，吓得泣不成声。

杨熠抬起头努力看向我，示意我把何夏秋拽开，我立刻上前把何夏秋拉开了。

杨熠被带走了，有种生离死别的感觉，地上那家伙也被拽了起来，还能走，看样子一时半会儿死不了，我惴惴不安的心稍稍放下了。

后面的几天，杨熠暂时没来学校，我们陷入了短暂的灰暗期，何夏秋郁郁寡欢，整日茶不思饭不想。我可很少见到她这个样子，此刻也难免替她担心起来。

然后接踵而至的有好消息也有坏消息，好消息是杨熠当时手下留情只打断了那男生的鼻梁骨，而坏消息是杨熠不幸地被校方严肃讨论后勒令退学了。

那天我最后一次在学校见到杨熠，杨熠收拾好了东西，办了退学手续，场面略显伤感沉重。

杨熠倒是一脸轻松的样子，拍着我的肩膀大义凛然地说："这没啥的，都不是事儿，我只不过是换个学校上学罢了。"

听他这么一说，我感觉好多了。对啊，只是去另一个学校深造而已，还是能经常见面打球的，我替他此去感到高兴。

杨熠转校到了距离我们学校不远的另一个高中，果然没过多久，我就看到杨熠出现在校门口等何夏秋一起放学回家，两个人完全没有被距离拆散，还是一如既往地向我们秀着恩爱。

我羡慕不已，对比起来，我和许念虽肩并着肩，却远不如他俩，可悲。

不过，更可悲的我想应该是江晨，他心里燃起的星星之火又被无情地浇灭，还是不能和何夏秋一起回家，这样想想我就欣慰不少，至少我喜欢的人是个单身。

天气逐渐炎热，而比天气还要热的就是我们的学习热情。

据说下学期高二一开学就要文理分科，而分科后分班的主要依据就看这次期末的各科成绩。选文选理这可是人生最大最难的选择之一，关乎着未来人生的走向。

这个分岔路口可不能单凭一己之念来做决定，一定要慎重，要有老师的建议，要有父母的干涉，还真是个让人头痛的选择题。

而对于我来说，我的方向就很明确，不用任何纠结，许念选什么我就选什么，我人生重要的一步可就交到了许念的手里。

不过，现在我不着急问许念决定选什么，我只需要在最后时刻加把劲，争取在文理分科后，能和许念继续分到一个班。

那些日子我努力到自己都觉得害怕，上课不睡觉，眨眼的次数都在减少，即便嘴上不断地打着哈欠，眼睛困到流泪，两耳像塞了棉花似的什么都听不进去，我都死死地盯着黑板，连苏菲亚都对我刮目相看，觉得我反常得像是六月的雪。

回到家我也不松懈，我妈再次相信我是考清华的料，冲一杯咖啡让我保持清醒，认真地学，再冲一杯牛奶让我能有个好的睡眠，睡醒了继续认真地学。

我觉得两杯饮品入肚可能会让我半夜起夜，于是我告诉我妈说混在一起做成一杯牛奶咖啡也可以。我妈点点头，觉得我说得有道理。

我甚至在一瞬间有些害怕，害怕我学得有点儿过，最后比许念还要考得好得多，那我岂不是可以进入最好的班，而许念……但我又一想，许念在年级也是名列前茅，一定也会进入最好的班，这样一想我就不害怕了。

期末考试在炎热的七月来了又走，就像这个暑假一样，来了就会走。

但我现在有点儿讨厌暑假，不是因为热，而是因为太长，这就意味着如果我不刻意去找许念，那么我们差不多有两个月的时间是见不到面的。

不过令我开心的是我最后那段时间的努力没有白费，我头一次冲进班级前十，一下子前进了几十名。我没有得意忘形，这都在我意料之中，这样下学期升高二分科后我和许念继续在一个班的概率就更大了点儿。

但这个暑假我还是没有勇气和理由单独找许念，我坐在空调下对着表数时间,期盼着时间过得快 点儿,暑假快 点儿结束。可恨，该快不快，该慢不慢，度日如年，我盯着电视里哆啦 A 梦的口袋，祈求它给我送来个时间加速机。

喜大普奔，高二在我盼星星盼月亮的期盼下终于来了，我再次飞奔到学校，依旧把新学期的第一个招呼留给了许念，何夏秋先跟我打招呼，我还是没有理她。

没想到开学第一天我们就要决定文理的选择,我问许念:“许念，你选哪科呢？”

许念没有犹豫：“理科啊。”

我会心地点点头。

许念问我：“你呢？”

我说：“也是理科啊。”

许念也点点头。

确定文理分科后，第二天分班名单也就暂定了下来。

许念被分到了理科一班，一班有沈士生有董胖子，却偏偏没有我，我被分到了二班。

我头顶仿佛劈下一道闪电，明晃晃的。

所有人脸上挂着喜庆的笑容恋恋不舍地搬家去新的班级，而我当务之急是必须想办法进入一班，可这办法还真不是好想的，我淡定地低着头在走廊上来回踱步，然后我不小心撞到了神出鬼没的苏菲亚。

苏菲亚“啊哟”一声叫。

这一声让我混沌的大脑瞬间清晰，我想到了苏菲亚可以帮我这个忙。

苏菲亚叫道：“盛柏孝，你在这儿干吗呢？走路不长……”她吞下了最后一个字。她意识到自己是一名老师，不能在学生面前说脏话。

我嬉皮笑脸地诚恳道歉：“苏老师对不起，对不起。”

苏菲亚皱眉看我，眉头藏着一股怨气。

“啊，赵老师，赵老师，你能不能帮我个小忙啊？”我谄媚地问道。

苏菲亚奇怪地看我：“什么忙？”

我知道苏菲亚上边有人，据说校长其实是她远房亲戚，她能在这里教书也和这层关系是密不可分的，我想只要我足够诚心，她肯定不会拒绝我这么聪明好学的三好学生的。

我说：“赵老师，我想进一班。”

苏菲亚瞥我一眼，说：“不行，分班名单已经确定了。”说罢，抬腿就走。

我连忙追上：“赵老师，求你了，我想进入更好的班学习。”

苏菲亚立足问：“为什么？”

我本想说不为什么，但又觉得不妥，于是说：“更好的学习氛围可以激发我的学习潜力，我还想超越沈士生，成为年级第一。”

苏菲亚一愣，不屑地看我一眼，然后笑出了声。

我不解，苏菲亚这个嘲笑也太光明正大，太不给人面子了吧。我刚要开口再强调强调我的豪情壮志，她却先我开口。

“有志气！”苏菲亚肯定的语气，我不知道她简短的三个字是否真诚。

我继续说：“老师，我知道你一定能帮得上我这个忙，求你了。”我态度极其诚挚。

苏菲亚若有所思几秒，然后勾起一个令人难以捉摸的笑，说道：“等着吧。”

我愣了下，有歧义的三个字，比苏菲亚的笑更令人难以捉摸，于是我望着她的背影从我的视线中消失。

我别无选择，只得先暂时搬东西到理科二班，与一班一墙之隔。

许念说：“好可惜啊，我们这就要分开了。”

但她这句话不是对我说的，而是拽着何夏秋的手说的。何夏秋去了文科班，江晨也跟着去了文科班，这俩人还幸运地没有被分开，我此刻羡慕江晨羡慕得要死。

不过江晨是不是也为了跟何夏秋在一起才选的文科？我可记得他理科略比文科强那么一丢丢，我在心里越加坚信江晨就是喜欢何夏秋的，居然打死不承认，还真是够能死守秘密的。

许念转过来对我说：“恭喜你啊，盛柏孝，理科二班也很不错。”

我笑笑不说话，当我进入一班的时候，许念你再恭喜也不迟。

江晨像个仆人一样帮何夏秋把东西往文科班搬运，而何夏秋只顾着和许念感怀她们同桌以及前后桌时难忘的美好时光，搞得像是毕业。

我半坐在桌子上，盯着她们两个，思考着如果我不能进到一班保护许念的话，那董胖子会不会移情别恋，又开始喜欢许念？还有沈士生，这可是个具有很大隐患的定时炸弹，随时都有可能炸得许念心神荡漾，迷失自我。

路漫漫其修远兮，吾将上下而求索。我继续思考着要怎样才能让苏菲亚把我弄进一班，让我贴身保护我的许念，做她英勇的警卫军，保护她不受任何异性的影响，好好学习，茁壮成长。

何夏秋打断我：“你不帮许念搬搬东西吗？”

我回过神，说：“帮啊，我们几个再叙叙旧。”

“谁跟你有旧可叙，滚！”何夏秋可真无情无义，看都不看我眼。

最后我帮着许念把东西一点点搬到了理科一班，可真是让人不舍，有种嫁女儿般的不舍感觉。

我看到了已经坐好的沈士生，还有董胖子，沈士生也看到了我和许念，我们都面无表情的，像是来到了个全新的陌生的地方，互不相识。

我给许念暂时挑了个不错的位置，经过我的计算，这个位置距离董胖子和沈士生都远，而更难能可贵的是同桌是个女生。

那女生在座位上一直地盯着我帮许念把东西摆放得整整齐齐，眼里是藏不住的羡慕，也希望有个男生可以帮她做这一切，但大概没有。

她冲我笑，也冲许念笑。我回以微笑，笑里藏着一句话：在我盛柏孝没进一班的日子里，许念的安全就拜托你了，万分感激。

我在那女生的笑中似乎也看到了她的回应，她很乐意帮我这个举手之劳的小忙。

我在二班的座位上如坐针毡，脑子里幻想着许念被董胖子骚扰纠缠，而许念又被沈士生深深地吸引着的场景。

坐在我身旁的漂亮女生小心地问我：“你叫……盛柏孝？”

我不由得一惊，没想到我还是有些知名度的。我点点头故意问：“你怎么知道啊？”

那女生自信地笑笑，然后指着我书上的名字说：“你的字有点儿那个，但没想到我还辨认对了。”

我尴尬却不失礼貌地回以微笑，不做任何反驳。

屁股稍稍坐热，然后门外有原七班的同学叫道：“盛柏孝，赵老师叫你去办公室。”

我听到立马跳了起来，想也没想就往办公室方向冲，却不料一转弯撞到了余婧，有种好久不见的莫名感。今儿这是怎么了，撞两次人了。

我停下来连忙道歉：“对不起啊。”

余婧轻轻笑了下，说：“没事儿。”

我点点头，准备要走，余婧叫住了我：“你是选的理科？”

我又点下头，然后和余婧僵了几秒。

我开口打破尴尬的气氛：“你呢？”

“我艺术生。”余婧笑着，很纯洁，和许念一样纯洁的笑。

我又点下头说：“我还有点儿事，先走了。”

“好。”余婧让开了路，我从她身边跑开。

不知道为什么这次看到余婧有种说不上来的异样感觉，就好像现在的她和以前的她判若两人，应该是变得更好了吧。

我礼貌地敲门走进办公室，苏菲亚看着我又递来一个和刚才样的笑容，令人捉摸不透。

我问：“赵老师，你找我什么事？”

苏菲亚依旧笑着，嘴角往上又提了提，我的预感在好与不好之间摆动。

苏菲亚说：“盛柏孝，你上学期最后那段时间学习很努力。”

此句一出，我的预感彻底摆到了不好，我嘴角上挂着轻松的笑，心却沉到了谷底。

“你的努力所有人都是有目共睹的，成绩也很不错，一下子前进了几十名，冲进了前十……”

我听得有些不耐烦，没想到苏菲亚用了这么多废话来铺垫。

我想了想还是打断她吧，让她开门见山，给我来个痛快的。我插嘴道：“赵老师，那我能不能进一班呢？”

苏菲亚闭上了嘴，脸上还是挂着笑，这比我买彩票等待开奖的过程还叫人难受，这时候真没有必要制造悬念。

我脚动了动，心想我还不如转身走了算了呢，苏菲亚大概看穿我了，终于开口了。

“进入一班可要好好学。”

我大吃一惊，顿时觉得苏菲亚脸上呈现的微笑是慈母般的微笑，是观世音菩萨般的微笑，像灯塔一样在茫茫的黑夜中照亮我前行的方向。

我激动不已，若不是旁边还有其他几个老师，我现在恨不得把苏菲亚抱起来转两圈，或者给她作揖。

我兴奋地双手合十：“谢谢赵老师，谢谢赵老师。”

办公室里其他几个老师也都笑呵呵的，好像是他们一起成全了我的未来似的。

“行了，赶紧搬到一班去吧。”

我先是对苏菲亚鞠了深深一躬，然后冲出门外。看来苏菲亚还是很欣赏我的，没想到她办事效率还是很高的，以后再有什么事，还来求她。

我搬走东西的时候，那个看不起我字的女生和我演绎了一出最短命的同桌生涯，我在她的眼神中看不出留恋，只有不理解，不理解我为什么可以直通一班。

而我进入一班的时候，我看到更多的人是惊讶的表情，许念也是，沈士生还是面无表情。

我四下张望了下，全班只剩下一个空座位，在后排，而旁边坐着的是董胖子。

那一瞬间，我在想我是不幸的，还是董胖子是不幸的，我可能会感到挤，而董胖子或许也会感到挤。

我背着包，抱着书在董胖子旁边坐下。

董胖子咽了口吐沫，问道：“孝……孝哥，你走错了吧？二班在隔壁。”

我没想到董胖子这么不识趣，我只看他一眼，眼神里写着：赶紧给我挪开你放在我桌子上的书！

董胖子一怔，懂我的意思，没再多问，赶紧把他的书从我桌子上挪开。

于是我把我的书放了上去，卸下书包，满意地长舒一口气。这是个不错的座位，可以近距离监督董胖子，以免他起贼心，还可以直接看到坐在左前方的沈士生，他的一举一动都在我的视野中，当然许念在我的右前方，也活动在我的视野中。

许念，待我再思考下如何说服你身旁的女生，让她来和董胖子做同桌，而我和你就可以继续我们的同桌生涯了。

第十二章

世界很大，学校很小

▼

接下来走进班级的新班主任让我震惊，不是别人，还是苏菲亚，又是个不知该觉得幸运还是不幸的时刻。换汤不换药，为什么不是沈士生之前的班主任呢？

我怔怔地盯着苏菲亚。

苏菲亚的视线在新班级的学生面孔上扫着，扫到我时，我赶紧露出笑容，而我旁边的董胖子笑得比我还谄媚，腰杆也挺得直直的，这和当年他竞选班长时的状态是一模一样的。

苏菲亚在台上简单地做自我介绍，她的中文名和她的英文名，以及她将在接下来的两年担任理科一班的班主任及英语老师。

苏菲亚成全我进入一班，为表感谢，我愿意再和她做两年师生，也算报恩了。

苏菲亚又开始了班干部竞选活动，董胖子依旧高举右手，这份执着和勇气让坐在他身旁的我无地自容，自愧不如。

但班里举手的人不止董胖子一个，有好几个。我不得不感慨，好班就是不一样，积极的人可真多。董胖子落选了，他有些丧气，我想他还是安静地啃猪肉脯就好了。

许念还是被任命为英语课代表，沈士生被任命做学习委员。沈士生啥话没说，只轻轻摇了下头，学习委员就落到了其他人头上。我又被任命为体育委员，我也学着他摇了下头，但苏菲亚完全不考虑当事人的感受。人在屋檐下，我不敢多说，只得忍气吞声答应了。

座位没有变动，苏菲亚说会根据下次考试做调整，我无欲无求，至少现在还能看到许念，还有她灵动的马尾。

大概是好学生都聚在了理科一班，从高二正式开始没多少天，所有人都埋头苦学，挑战着沈士生第一名的位置，我居然有种一开始就被甩到了最后的感觉。

我深吸一口气，不断地提醒着自己，不要为学习而学习，要树立正确的学习观，快乐地学习。于是我放下笔，撑着脑袋欣赏许念。许念也在拿着笔认真地做题，和那些人不一样，许念做题的样子很好看。

我又看看沈士生，他抱着胳膊，靠在椅背上，似乎在思考问题，一动不动的；我又看看同桌董胖子，右手拿笔在草稿纸上写了一堆公式，数理化全有，而左手举着块啃了一半的猪肉脯。

我长呼一口气，董胖子都这么努力，真是讽刺。

董胖子大概是听到了我的呼气声，扭过头来看看我，从兜里摸出包猪肉脯递到我身前。我一怔，没想到董胖子如此善良大方，大概是我愣怔的时间略微有点儿长，当我伸手准备接过的时候，董胖子估计以为我不要又直接塞回了兜里，我张开的手僵在了身前，他也没有看到，我只得收回了手，又叹了口气。

董胖子再看我，我面无表情，目光涣散，他扭了回去，继续写公式。

片刻后，我问道："你和你心上人还没结果？"

董胖子停下了笔，然后看向我，目光中泛着凄凉。

我鼓励道："喜欢就赶紧告白啊，勇敢点儿。"

董胖子皱起眉，把刚才那半截猪肉脯塞进了嘴里，咀嚼起来，我居然有点儿看饿了。

董胖子嚼着嚼着，我注意到他的眼睛里有泪水在打转，我惊讶，没想到董胖子是个性情中人。

他什么都没说，又打开了一包塞进了嘴里，我希望他能把他的故事分享给我听听，还有他藏在兜里的猪肉脯，但他没有，他拿起笔继续写公式，眼里的泪水转着转着就消失不见了。

两天后，董胖子在我身边朝我面带微笑地挥了挥手，又轻声说了句："孝哥，再见。"

我吓了一跳，董胖子这举动很是不对劲。

我浪费了一节课的时间，思考着我要怎么劝说董胖子想开点儿，好女生多了去了，不要在一棵树上吊死，这样不值得，现在主要的任务是学习，而不是谈情说爱，想了一大堆。

那节课下了，董胖子收拾好他的东西，悲壮地走出了教室，搬得一点儿都不剩，还顺走了我一支笔。我目送着他消失在班级门口，愣了愣后，我立刻追了出去，紧跟上董胖子，然后又目送着他拐进了文科班。

我再次愣住了，走过去，发现董胖子在他的心上人后面坐下，笑得花枝乱颤。我无话可说，那支笔我就不要了，送给董胖子，让他拿去书写他无知懵懂的爱情吧。

我回到班里坐下，看着董胖子遗留下的空落落的桌子，不禁感慨，万万没想到这家伙还挺有勇气的，为爱转去了文科班。

而我感慨过后，是一阵兴奋——我的地盘变大了。

我赶紧挪到中间，双臂伸长了趴在了桌子上，没了董胖子，一个人独占双人桌可真舒服。

我的生活悄然变得有些枯燥，这个班里大多数都是如同沈士生一样无趣的人，除了学习似乎不会做更多的事了，我真怕我在这样的氛围下待久了也会变成书呆子。

许念依旧还是会来问我问题。说实话，她的问题她同桌或许也能帮她解决，但她似乎是习惯了来找我。我依然乐此不疲地帮她答疑，有时候我遇到不会的，我不会说让她去找沈士生，而是我把沈士生叫来给我讲会了，我再转述给许念。在这个班里，我们三人的关系就这样被许念不会的问题紧密地联系在一起。

有时候我趴在窗台上看楼下的球场，杨熠不在了，他那几个朋友也都升到了高三，很少下来打球了。有几个同年级的叫我下去投几个，我也会先问沈士生去不去，沈士生说不去，那我也就没了心情，还不如在这里随便看看，想象下那个球若是放在我手中，我会站在哪个位置怎样去投。

沈士生和许念都是可以一句话不说沉默一天的人，加之我现在一个人独守双人桌，上课也没人和我说话，或者一起发呆睡觉，有时候我都有些怀念何夏秋和江晨，这两个人或多或少还是为我的枯燥生活带来了点儿乐趣。

于是我下课往文科班方向随便走走，然后看到董胖子和那女生像以前一样继续嬉皮笑脸腻在一起。再走，就到了文科二班，我看到江晨依旧靠在窗台，我笑笑，这家伙到哪儿都能保持着这个姿势。而何夏秋又坐到了江晨的前边，和同桌的女生激烈地聊着八卦，这场景我能猜到数年后我会更加怀念。

江晨稍稍扭了扭头，看到了门外的我，他会把视线定格住，仿佛是在问我有事吗，但我撇了撇嘴就走开了。

日子平静重复地过着，很快我和座位周边的人都熟悉起来，但和他们聊天比和沈士生聊天还要无聊，我还不如选择看书做题或者静静地趴着看许念，等着她来问我问题。有几次自习课，许念都会直接坐到我旁边来，这样的同桌机会现在居然感觉很难得。所以我总是期待着下次苏菲亚调座位能把我和许念再安排在一起，要知道我上学期之所以成绩飞速提升，就是因为许念成了我的同桌。

那天我忽然听到个八卦消息，说某某班某某女生偷吃了禁果，腹部日益见长……

我先是一惊，又是一笑，这些小说电影里出现的情节怎么会出现在我的身边呢，没有根据的流言蜚语还真是够无聊的。不过，这传得沸沸扬扬的，像是真的一样，我竟然一时间都有点儿好奇这到底传的是谁。

然后，没多久很快就传来了具体的班级和人名——文科二班何夏秋。

我大吃一惊，许念也大吃一惊，很显然我俩对这个传言都难以置信，也不确定是真是假，于是我和她一起跑去文科二班。

结果并没有看到何夏秋的人影，我俩面面相觑，又看到江晨恰好从远处走了过来。

我们还没有开口，江晨就知道我们要问什么，他只点了点头，我们就懂了。我震惊，许念也惊得无法相信。

许念问："那她人呢？"

江晨说："昨天放学回家，今天就没再来了。"

我问："是杨熠？"

江晨看着我，没有说话，他面部难以察觉地微微抽了下，转身走回了班里。

我和许念有些愣住，实在不知如何是好。

当天下午最后一节自习课我果断逃掉了，许念知道我要干什么，我踩着单车直往杨熠的学校去，我要当面问个清楚。结果当我站到他们班门口的时候，我一顿张望却没有看到杨熠的身影，我问了他班上的同学，才得知原来杨熠今天也没来学校。

我怔了怔，又不知如何是好，只得先返回学校。

后面的两天学校里关于这件事的议论声越加热烈，所有人都有耳闻，何夏秋没再来学校，这个时候她也不该来学校，我们也无法联系到她。

恰逢周末，我和许念跟随江晨决定去何夏秋家里看望她。

半路上，江晨忽然告诉我们说：“何夏秋其实是借住在她舅舅家的。”

“借住？”我可从没听谁说起过，“那她爸爸妈妈呢？”

江晨眉头微微蹙起，片刻后低声道：“她是孤儿，没爸爸妈妈。”

我和许念再次怔住。我们沉默了，没敢继续再问太多的问题，江晨也没再多说什么。

江晨带我们到了何夏秋舅舅家，我们敲门，开门的是个中年女人，如果没猜错应该是何夏秋的舅妈。

“你们有什么事吗？”那女人把我们挡在门外，面上没有多余的表情。

“阿姨，您好，我们是何夏秋的同学，请问……”

“对不起，她不在。”那女人没等江晨把话说完就直接“砰”的一声把门关上了。

我们三个人当场吃了闭门羹，一时愣愣的，哑口无言。

“不在，那她去哪儿了？”许念小声地问。

我们陷入沉沉的思绪中，江晨再想敲门问个清楚，这时却听到里面传来激烈的争吵声，是刚才那女人的声音，还有个男人，应该是何夏秋的舅舅。

“我告诉你，这次无论如何都不能把她再留下了，白白养她这么多年，现在年纪轻轻闹出这等丢人的事，我不要面子啊？！这让街坊邻居以后都怎么看咱们家啊？”那女人叫喊着。

“你别吵好吗？我答应了要把夏秋抚养成人，遇到这种事情，我们解决了不就行了。”

“你说得轻巧，怎么解决，嗯？你说怎么解决？”

……

我在门外听得为何夏秋难受，听得义愤填膺，我真想踹门进去，好好跟她舅妈理论理论，但我被江晨制止住了，随后我们只能带着满腔怒气先离开了。

我们不知道何夏秋现在在哪儿，也不知道她现在怎么样了，我们能想到的是先找到杨熠，或许他知道何夏秋在哪儿。但当我们再找到杨熠家的时候，我们依旧吃了闭门羹，这次甚至门都没开，我们就被拒之门外。

此刻，我们别无选择，只得离开。我们只希望何夏秋她安然无事，过些日子我们还能再像之前那样在学校见面，一切如同往常那样就好。

两天后，我刚坐在教室里，就听到一个男生和几个人激动地讨论说：“刚才坐车来学校的路上，看到有人站在楼顶上要跳楼，楼下好多人在围观，消防车都来了。”

“我也看到了。”

“啊，那跳了吗？”

“不清楚，现在也不知道跳了没跳。”

我有些震惊，难免首先联想到了何夏秋，于是立刻上去问道：“你看清那个人了吗？男的女的？”

那男生摇头：“没看清，但好像是个女生。”

我越加不敢再往下想，许念也听到了，她脸上的神情让我看得出来她和我担心到一块儿去了，害怕那个站在楼顶上的人就是何夏秋。

我问了地址，发现那个地方就在何夏秋家不远处，于是我立马站起来往外跑，许念也跟了出来。

我说：“你回去上课吧，我去看看就行。”

许念没同意，一定要跟着去，我没再强求，我们跑出校门，拦下一辆车，我催着司机以最快的速度赶到那个地方，司机也很配合地超车加油门。

我在心里祈祷着，不管那个人是不是何夏秋，我都希望她不要想不开。我曾跟何夏秋开过玩笑，说她坐在窗口想跳就跳，但我此刻万分后悔我说的那些浑话。我相信那个人不是何夏秋，何夏秋也曾说过，她这辈子无论遇到再糟糕的事情也都不会去跳楼的，我相信她一定不是随便说说。

我紧握着双拳，焦急得手心里出满了汗，许念也紧张得快要哭了出来。

十几分钟后，我们终于赶到了目的地，我跳下车，仰头望着一处在建的七八层高的楼顶，然后冲进了楼下围观群众，耀眼的阳光下我看得一点儿不真切。

我把手放在前额，挡着阳光仔细辨认，我焦急万分，我想冲到楼顶上去帮忙劝说，但我被拦住了。

楼顶上出现了好几个人影，消防队员在想办法施救，我现在只能眼巴巴地观望和祈求，情况紧急迫在眉睫。

许念站在我的身旁，双手绞在身前，吓得直哆嗦。

所有人屏住呼吸朝楼顶上望着，希望楼上那女生退回去，别冲动。焦灼地等了几分钟后，我们提心吊胆地看到那女生最终从楼顶退了回去，我和许念霎时松了一口气，围观的所有人也都松了一口气。

许念紧紧地拽着我说：“太好了，她没有跳。”

我微笑着点了下头，我感受到许念脸上还未平复的紧张感，还有她的善良。

我庆幸那女生没有跳，也庆幸她不是何夏秋，我不知道她遇到了什么想不开的事，但我希望今后她不要再做这种傻事，珍惜自己的生命，好好地活下去。

这天放学我们再去找了何夏秋，我们还是没有见到她的人，但我们从她的舅舅口中得知她并没有事，那我们就暂且安下了心。

我相信何夏秋才没有我想的那么不堪一击，她一定会挺过这个坎，而不久后她会再回到我们身边，继续与我们一起上学和放学。

但事实上，何夏秋大概暂时不能与我们再见面了。

那天许念收到一封来自何夏秋的信，信中何夏秋没有避讳自己的事情，也提及了她的家庭。她说其实她并不喜欢现在这样，像只寄生虫似的一直寄居在舅舅家中，她知道她的舅妈并不喜欢她，甚至可以说是讨厌，她坦诚她也不喜欢她的舅妈，她也曾很多次想过要离开那个家，去任何地方都可以，但到底还是没有那个勇气。而关于这次这件事，她并没有害怕和后悔，她很乐观地说这要是放在过去，这个年纪这种事情那多正常不过啊，也不会惹来那么多非议。而如今她不是一个人，她和杨熠已经决定要暂时离开这个地方，去天涯或者海角，下次大家再见面会是什么时候大概也说不清，只能是后会有期了。

或许是我们都有颗年轻的心和对未来的憧憬，我们渴望着自由和长大，某种程度上我们是羡慕他们的，也替他们高兴，愿他们可以去往天涯海角，数年后归来仍是少年模样。

何夏秋事件很快就翻篇过去了，一切犹如惊涛过后，恢复到往日的平静，似乎什么都没改变。

江晨还是坐在那个位置，保持着那个姿势，他游离在窗外的视线现在时常会停留在何夏秋的桌子上，只是如今眼前空落落的，好像什么都没有留下。

我不知道江晨忽然意识到以后再也看不到何夏秋的身影，听不到她的笑声的时候，心里会是怎样的感受，或许会是久久无法平息，又或许一切飘散如烟。

而我还是一个人坐在后排，每日自愿监督着全班同学的一举一动，可他们从不做什么与课堂无关的事，都在埋头苦学。

那天许念坐在我旁边，把她的数学书递给我要我帮忙解答一道数学题。解答完后，我随意把书翻了下，结果从里面掉出一张压得平平展展的纸。那纸缓缓飘落到许念的脚下，我俯身把那张纸捡了起来，随手搓开一看，我便认出了这张纸，上面的字迹是沈士生的，是那次放学沈士生帮许念解题的过程，那题我到现在还记忆犹新。

而纸的背面写着“沈士生”三个字，字迹我也认得，是许念的，写得很工整很漂亮，看得出来是很认真很用心地写出每个笔画的。

许念立即从我手中把那张纸夺了过去，折叠了下又夹在了书中，然后把书紧紧地捏在了手中，起身要走。

我故意笑了下，说：“这破草稿纸你还没丢掉啊？”

许念已经站了起来，表情有点儿奇怪，就像我发现了她的秘密，我看到她脸上微微泛起了红晕，一直往她的耳根蔓延去。

许念转过来看向我，张了张嘴却什么都没说出来。

我脸上继续保持那个看似无所谓的笑，然后假装拆穿了个事不关己的秘密好奇地问道：“许念，你是不是喜欢他啊？”

我没有说沈士生的名字，我知道许念知道我说的是谁。我盯着许念的眼睛，那一刻我想听她说真话，但我又怕她真说真话。

时间在我和许念的对视中停滞住了，我的心忽然不规律地跳着，我的呼吸也紊乱地进行着，但许念应该看不出这一切。

大概僵持了几秒钟，许念终于挪开了视线，是因为沈士生恰好从后门进来，从她的身前经过。许念看到沈士生时又立刻低下了头，转移视线。而沈士生是面无表情的，他没有看许念，也没有看我，径直走回到了座位上。

许念这才抬了抬头，脸上的红晕已经蔓延到她白皙的脖颈上，她又快速瞧了我一眼，然后什么也没说赶紧坐回到了自己的座位上，埋头看题。

那样的微笑还僵在我的脸上没有消散，许念这次没有反驳，她该是默认了吧。

那个周末下午，原七班有个男生说家里没人，就吆喝着几个男生一起去他家小聚一下，也叫了我和江晨。我想想闲来无事就答应了，江晨也没有拒绝。

我们空着肚子去到他家的时候，才发现他家里什么吃喝的都没有，冰箱也是空得只剩下了冷空气，我们顿时感觉被耍了。我们起哄着要把他狠狠揍一顿再炖了填肚子，没想到这时候有人敲门了。

他挣脱我们的束缚，把门打开了。我们大吃一惊，没想到这家伙竟然早有准备，已经从饭店订好了食物。

我们开心地围坐在餐桌前盯着美味佳肴垂涎欲滴，抓起筷子摩拳擦掌跃跃欲试，但那家伙却在关键时候阻止了我们。

“别着急，还有好东西呢。”那家伙邪魅一笑，转身钻进房间，然后抱出一箱啤酒来。

我惊呼：“我的天，这是什么东西啊？”

那家伙毫不犹豫地把一整箱啤酒全都打开了，一人一瓶分下去。

我说：“有杯子吗？”

那家伙豪气万丈："要什么杯子啊，举瓶畅饮。"

于是我们干瓶开吃。

我很少喝酒，更很少喝醉，记忆中喝醉过两次：一次是小时候偷喝了一小杯葡萄酒，结果晕晕乎乎躺地上睡着了；另一次偷喝了一点点白酒，结果也晕晕乎乎睡着了。而啤酒呢，不是我吹，还真没醉过，主要是因为我没喝多少，顶多头晕目眩，静坐一会儿，也就差不多清醒了。

不过这天我似乎喝多了，我没想到那家伙中途又搬出两箱来还有一瓶白的，他是个劝酒的好手，我喝得晕头转向忘乎所以，当然所有人都喝多了。

书上说，酒精会使脑部神经反应迟钝，在酒精的作用下，我的血管好像在不断扩张，血液从扩张的血管涌入皮肤，涌入冷飕飕的身体，我觉得很温暖。

那一刻，我居然格外有点儿想见到许念，但我似乎还是清醒的，我知道见到也不能怎样，所以我又只希望今晚过后，一切都如往常那样。

一直熬到了晚上，夜幕降临，我和江晨两个难兄难弟互相搀扶着歪歪扭扭地走在路上。

我含含糊糊地问："江晨，你就……实话告诉我吧，你是不是喜欢……何夏秋？"

江晨努力看向我，嘴角浮出个笑来，刚张开口，却面色一改，连忙一把推开我，跑到旁边的树前蹲下去干呕了几下，却什么都没吐出来，那声音听得我也忍不住想要吐。

江晨蹲了很久，然后才慢慢站起来，似乎好多了。他和我在路边坐了下来，微风逐渐吹散我们身上的酒气，我昏昏欲睡。

片刻后，江晨说道："你没猜错，从初中开始我就喜欢她。"

"那你怎么不早点儿告诉她？"我佝偻着身子，转头去看江晨。

江晨摇了摇头，没有解释。

我依旧含糊着说："你真蠢，你要早点儿开口，可能就没杨熠什么事了。"

江晨冷笑。半晌后，他又告诉我说："那次她说只要有人真诚地给她写一封情书，她就会答应，其实我知道那句话就是她随便一说，压根儿不必当真，但那天我还真的就很认真地写了，只是我没敢交到她手里。"

我并没有觉得惊讶，倒是为江晨觉得有点儿可惜，也为自己没有交出去的情书觉得有点儿可惜。

江晨又向我吐露了不少心声，很多我从来都不知道的，我相信他酒后说的不是胡言乱语，都是真言。

他说，每个人在年少时，都有过一段美好或者伤痛的过往，但不管怎样，用心喜欢过，就不会轻易遗忘。

他说，世界很大，学校很小，现在发生的一切终究不过是一场梦，梦醒后各奔东西，也许这就是青春。

我没想到江晨也能说出这么文绉绉的话来，虽然我半梦半醒听得不是很明白，但我觉得他说得有道理。

那些日子天气骤然降温变冷，冬日似乎奇怪地提前了日程，我也忽然奇怪地变得安分沉稳，像班里所有人那样，上课认真听讲记笔记，下课认真复习做功课，似乎也将要演变成个合格的书呆子。

我没有再在许念面前故意提起她是不是喜欢沈士生，她也没有在意我发现她的秘密，那次的事就像根本没发生似的，我们还像之前那样继续重复着简单而又繁忙的学习生活。

我也有一瞬间觉得其实像现在这样挺好的，我一个人坐在后排这个位置，可以随心所欲，可以随时看到许念，也不再那么渴望非要和许念继续成为同桌，或者关系更进一步。

那时候的沈士生也悄然变得有些奇怪，我时常会看到他上课心不在焉，犯困打瞌睡，甚至有几次课堂上他被叫起来回答问题，他都是蒙的，不知道老师问的是什么。

苏菲亚也找沈士生谈过几次话，但好像并不奏效，沈士生依然是那个样子，我可从未见过他这副样子。

那天放学我逮住沈士生要和他一起走。事实上，这几天沈士生几乎都先我一步而走，都不等我一起。

沈士生一言不发，面色略显凝重，脚上的速度出奇地快，害我不得不费了点儿力气才将将跟上他。

我大声问：“你最近这是怎么了，完全不在状态，很反常啊！”

沈士生没有搭理我，自顾自地骑着。

我有些无奈，最烦沈士生这种对人不理不睬的态度了，很欠揍。

我迎着冰冷的风继续说：“沈士生，这学期可快要结束了，也没多少日子了，你最好调整回来，别期末考试来个滑铁卢，跑到我后面了。”

沈士生依旧没有接我的话，这让我也忽然懒得和他继续聊下去了。我们继续骑着，在分道扬镳的路口，我停了下来，但沈士生的车速丝毫未减。我望着沈士生的背影，直到他彻底骑出我的视线，我不禁在冷空气中打了个寒战，搓了搓冷冰冰的脸，然后离开。

第十三章

我和沈士生打架了

▼

那次期末考试，沈士生依然夺得了年级第一的名次，但在我看来他并没有考好，因为他完全可以取得更好的成绩。第二名是许念，差了十几分就可以超越沈士生。那次我看到许念笑得很开心，就好像名次拉近了她和沈士生之间的距离似的，而我游荡在中上游，远远地落后沈士生好几十分。

我想许念喜欢沈士生大概也是理所当然的吧，就像我喜欢她那样，我们都是有眼光的人，喜欢更优秀美好的人。

高二上学期在一场热闹非凡的元旦晚会后宣布结束，那天大雪铺天盖地地装扮着这个小镇，美不胜收，比去年的雪还要大得多。

余婧依旧是本次晚会的主持人，她的节目依然艳惊四座，而我和许念这次只是观众，没有再上台。

那天的元旦晚会沈士生并没有来参加，事实上考完最后一科后我就没再见到他了，或许他并不喜欢这种热闹的场合，又或许他有更重要的事。

昨晚下了一整夜的大雪，到现在还未完全停歇，路面上厚厚的积雪迫使我只得把单车丢在家里，选择公交车来结束本学期的最后一天。

此刻我和许念站在公交车站等车，我站在她的左侧，替她挡风。雪花随着冰冷的风轻柔地落在我的身上，让我稍稍觉得有些寒冷。

我们都很安静，从学校出来一直都没怎么交流，或许是因为天气太冷，许念把嘴巴和鼻子缩进厚厚的围脖里，整个人也裹得严严实实的，样子可爱得像只被裹藏起来的小猫。

我忍不住偷瞄许念好几眼，此刻的她看上去简直美好得让人不忍触碰，我静静地欣赏着。

片刻后，许念左右扭动着脖子，然后把嘴巴和鼻子从围脖里露出来，她微微张开嘴轻轻呼出一口气，嘴里冒出的白色雾气便随风缓缓飘散，像是吐出的烟气。这时有雪花不断地落在她额前薄薄的刘海上，她没有急于弄掉，反而故意轻轻摇晃，让那几片雪花在眼前慢慢落下。

许念大概察觉到我在看她，她轻轻侧过头来看我，而我却看得痴迷，脖子僵硬得也一时间无法扭转。

许念问："怎么了？"

我半晌才摇了摇头，说："没怎么。"

说完我赶紧转移视线，紧接着又看了回去，补充道："你头顶也有雪。"

许念笑了下，立刻垂下脑袋，伸出手来把头顶上的雪轻轻扇掉。

我们目送着公交车一辆一辆地经过，却总是等不到要坐的那辆。

许念忽然又问我："对了，你和我坐的是一辆车吧？"

我愣了下，然后目光看向站牌，接着点了点头，说："嗯。"

公交车终于来了，我和许念上了车，我们在车后面的一个双人座位上坐下，这让我恍惚有种做回同桌的奇妙感觉。

许念从兜里摸出一张纸巾来，把车窗上的雾气擦掉，顿时可以清楚地看到窗外的景色，我也朝窗外望去，白茫茫一片，仿佛眼球上也蒙盖着一层白雪。

公交车开得格外缓慢，慢到我有种司机要从本年末开到明年初的错觉。

我不知道我为何现在变得沉默寡言，尽管我很想趁机在和许念说再见之前，和她再多说点儿话，但我实在想不出合适的话题来。我呆坐着，有些拘束，就像是逃了车票，全身上下有种被别人盯上的不自在。

要早知道是这样，我刚刚就不该骗许念说自己也是搭乘这辆车的。许念大概现在还不知道其实我和她并不顺路，那几次送她回家后，我都是又花费了更长的时间才绕回家，不过这都是我自愿的。

许念的家不远，坐公交车也不过半个钟头的样子，我们安静地坐着什么都没说，就已经走过了一大半路程。

许念把玻璃上的雾气擦了好几遍，目光一直盯着窗外，然后又忽然开口问我："盛柏孝，你到哪一站下呢？"

我愣了下，因为我也不知道到哪站下，于是就随口说道："在你后面三四站。"

许念点点头，又把视线挪到了窗外。很快，她到站了，她下了车，冲我微笑着挥手说下学期再见，我也回以相同的话，然后车子发动，许念的身影从车窗外消失不见。

我继续盯着窗外，心头漫起说不上来的奇怪感觉，两三站后，我下了车，倒车回家。

寒假刚开始没多久我就实在在家待不住了，那个下午尽管户外已经冷到像是个天然冰柜，但我还是决定出去逛逛。之前下的雪早已被清除，路上没有结冰，我完全可以骑车出去逛。

我漫无目的地沿着一条路一直骑，路上没有多少人，估计都躲在房子里取暖，中途乱拐了几次，骑着骑着我才诧异地发现我竟然绕到了沈士生家附近。我随即在路旁停了下来，搓着冻冰了的手和脸蛋儿，还有耳朵，我没想到天这么冷，早知道该戴了口罩和手套再出来，我边搓着边抬眼四下张望着。

这里的建筑错综复杂，没有一点儿规律可循，像个迷宫似的，我想要是个方向感不是很好的人在这儿肯定会迷路，但我庆幸我的方向感极佳，就算把我蒙着眼睛随意丢到里面，我嗅着气味也能找到出口。

沈士生的家就在这里面，说实话，我和沈士生认识十几年的时间，我还从未去过他家，唯独有几次也是到了这附近，然后就再没往里去过。一是沈士生从未邀请过我去，二是我从小到大还真很少去别人的家里，这是习惯，所以即便沈士生邀请了我，我也很有可能再三犹豫后拒绝他。我想沈士生和我应该也有同样的习惯，因为他也没来过我家。

我不知道沈士生家具体在哪栋楼房里，也不知道他现在在干吗，我也没想着要找他出来一起吹冷风，所以我稍稍停了一会儿后，蹬起车子准备继续乱逛。

但这时我却远远地好像看到了沈士生的身影，他骑着车出现在我左边的路口，我应该不会看错，于是我当即改变骑行方向，加速跟了上去。

沈士生骑得很快，在这建筑群里，我和他像是在玩警察抓小偷的游戏，我生怕一不小心就跟丢了，让他给溜掉。

我没有大喊沈士生让他停下，我知道距离有点儿远，即便我喊了沈士生他也应该听不到，我只是尽量用最快的速度踩着单车追着。

一个转弯，两个转弯，三个转弯……我确定了，如果真把我丢到里面我还是很有可能迷路的，但幸好有沈士生给我带路。我一直跟了有十几分钟，我骑得气喘吁吁，双腿沉重，我不知道这家伙到底要去哪儿，但我似乎有点儿跟不上他了。我和他的距离逐渐拉大，然后眼睁睁地看着他从我的视线里消失，我好像终于跟丢了。

我在前面路口停了下来，我喘息着，身上热出了汗，我不知道沈士生往哪个方向走了，我只好放弃不再跟了，我原地稍作休息。半晌后我又骑上车，在里面一阵乱绕，这时候天色已经暗了下来，我绕着绕着终于绕了出去。

现在夜幕已经完全降临，天空黑得像是深夜，但我却骑到了一条繁华的街上，整条街闪耀着耀眼的霓虹灯光，这里俨然变成了个不夜城。我知道这里是什么地方，酒吧一条街，我看到形形色色的男男女女在这里晃荡，整条街霎时笼罩起暧昧的气味。

我故意放慢了车速，左顾右盼着那些男女和灯光，我还从未进过酒吧，只在某些文章中看到过，说这里能够吸引一个又一个饥渴而又需要安慰的心灵，那些人是颓废的。

我骑着骑着停了下来，因为我在一栋涂抹着浓浓奶白色的哥特式建筑前发现了沈士生的单车。我抬眼看了看，那建筑外也闪耀着斑斓的霓虹灯光，还有楼正中央醒目地闪烁着三个字——新世纪，这就是这家酒吧的名字。

我有些奇怪，难道沈士生在这个酒吧里？他来这儿做什么？我有些想不通，我在这儿驻足了一阵子后，于是带着强烈的疑惑把车子停到沈士生的车旁，然后朝酒吧里走去。

这是我第一次走进酒吧，酒吧里的人很多，混浊的空气中弥漫着烟酒的味道，音乐声很大，几乎要震聋我的耳朵，我看到闪耀的灯光下有不少男女在舞池里疯狂地扭动自己的腰肢和臀部，装扮艳丽的女子嘻嘻哈哈地混在男人堆里面玩，我看到个妖娆的年轻女人好像在用轻佻的言语挑逗着那些操控不住自己的男子。

那画面看得我面红耳赤，我不禁吞了吞口水，赶紧转移开视线。

我在人群中东张西望半天，却并未看到沈士生的身影，要想在这种环境下找到一个人还真是不容易。就在我收回视线准备站到个稍微高一点儿的地方找的时候，我的肩膀被拍了下，充斥满耳的狂热的音乐声中同时挤进个熟悉的声音来。

“你怎么在这儿？”

我扭过头去看，见沈士生身着酒吧服务员工装，右手捏着个空盘子，垂放在大腿一侧，而他略显冰冷的脸在灯光下若隐若现，眼神也毫无温度。

我反问：“你怎么在这儿？”

这大概是句废话，沈士生并没有回答我，反而说道：“这不是你该来的地方，你赶紧走吧。”说罢，他转身要走。

我愣了下，立刻问道：“沈士生，你在这儿打工？”

沈士生止住脚步，再转过来。我注意到他的眉头沉了下来，目光中透露出的严肃似乎是在警告我不要多问。

我有些纳闷，不知道沈士生为什么会在这种地方打工，我盯着沈士生，希望他给我个解释。

但沈士生没有给我解释，只是又一脸严肃地说了句：“你尽快离开这儿吧。”然后他转身穿过人群，很快我就看不到他了。

回到家后我仔细想了想，其实沈士生每年寒暑假都会去打工或者兼职，一是为了不浪费假期时间，二是顺便赚点儿零花钱，但这次原因似乎并不是这么简单。

之前沈士生常常上课犯困打瞌睡，考完试后就再没来过学校，这么一想沈士生或许从那个时候就已经开始在酒吧打工了，可他之前从未选择过在那种地方打工。

难道说，沈士生遇到什么事儿了？我越想越觉得可疑，决定明天再去找他问个清楚。

次日，天色刚暗下来我就再次跑到了那个酒吧，在门外我并未看到沈士生的车子，我跑进酒吧找了一圈，也没看到沈士生的人。我抓着个服务生问情况，但那人只摇头，或许沈士生还没来。我不太喜欢酒吧里的气味，什么都不做待在里面也觉得不自在，于是决定还是出去等。

就在我刚走出酒吧门口时，我竟看到个擦肩而过的熟人——余婧，她大概没有看到我，径直走进了酒吧里，我停了下来，回头看她。

我没想到在这种地方都能和余婧遇见，还真是奇怪，她是一个人来的，刚才我故意多看了她一眼，发现她穿着打扮很成熟，脚上还踩着高跟鞋，这让我很惊讶。

但又想想，像余婧这样家境的人出现在这种我消费不起的地方喝喝酒解解闷也是很正常的。我撇了撇嘴，她还真是像别人口中说的那样，抽烟、喝酒什么都会。

我跨在单车上在新世纪酒吧路对面一个视野较宽阔的地方等

着，在这不管待会沈士生从哪个方向过来，我都能逮他个正着。

只是天气确实有点儿冷，特别在天黑后，我把手塞进口袋，戴上帽子缩着，目光紧盯着酒吧门口。等了还没十分钟，我就冻得哆嗦，我都怀疑再待上一会儿，我的血液都可以冻成冰块。

我跳下车，原地踱步，尽量使身体不那么寒冷，我想着再等十分钟，若是还看不到沈士生出现我就不等了，但是我又等了差不多二十多分钟，我深呼吸着，想要走，但是又感觉沈士生马上就会来。

果然不出我所料，几分钟后，我一抬头就看到了沈士生，他已经停好了车子，正往酒吧里走去，我二话不说，立刻追了进去。

沈士生还没有走进人群，我在背后叫了两声他的名字，但吵闹的音乐声盖过了我的声音，我只得跑过去一把拽住了他。

沈士生回头看我，直蹙眉头。

我大声问：“你为什么要来这里打工？”

沈士生张了张口，说了什么我听得不是很清楚。

于是我继续大声说：“我们找个安静的地方说。”

我转身往外走，现在只有酒吧外会稍微安静点儿，但当我走到门口回头时，却不见沈士生跟出来，于是我只得再返回去，但已经不见沈士生人了。

我叹气，刚才真该把他直接拽出来。就在我抻长脖子在人群中极力寻找的时候，我眼前走过来一个人，是余婧。

“盛柏孝，你怎么在这儿？”余婧问。

我说：“找人。”

“哦。”余婧点了下头，“是找沈士生吧？”

我看了看余婧，她的样子似乎早知道沈士生在这儿了。

我问：“你早知道沈士生在这儿？”

余婧摇了下头说：“不知道。”

我顿了下，继续问：“那你怎么知道我在找沈士生？”

“我刚看到他了。”余婧答。

“他在哪儿？”我看着余婧。

余婧笑着说：“不知道。”

我无言以对，片刻后我问：“你来这儿干吗？”

“玩啊。”余婧笑了笑，好像我问了个白痴问题。

我撇着嘴挪开视线，继续在人群中搜寻沈士生。

“我请你喝杯酒吧？”余婧忽然说。

我低头看余婧，回答说：“不用了，我不喝酒。”想想还欠了余婧一堆早餐钱，要让她再请，我难免过意不去。

余婧又笑了笑。灯光下，她笑得很好看，整个人看上去竟然别有韵味，让人难免浮想联翩。

我赶紧把视线从余婧脸上挪开，端正我的思想说道：“这地方不好，你最好不要常来。”

“你这是在关心我吗？”余婧盯着我，嘴角挂着笑，眼睛里透露着期望。

我没有说话，随她怎么乱猜。

“你和那个许念在一起了吗？”余婧八卦着。

我只瞥她一眼，还是没有说话。

“这次元旦怎么没见你和许念继续唱歌呢？”

我心里忽然腾地燃起了一把火，我锁着眉看着余婧的眼睛，上次与她对话还觉得她变了个样儿，似乎是变得挺好的，没想到这次才看得清楚，变得是尖酸刻薄，哪壶不开提哪壶。

我说：“唱歌？话筒再出问题？”

余婧笑了笑，说：“哦……话筒问题啊，有第一次应该不会有第二次了，我想许念她也不会傻到第二次还紧张到自己关了话筒开关吧。”

我一愣，不知道余婧这话是什么意思，把那次话筒事件和她撇清关系吗？

我本来不想提旧事，但我现在却想问个清楚，那次是不是她故意捣鬼害我们当众出丑。但就在我刚要开口时，我又刚好在人群中瞥见了沈士生，我只得先撇开余婧，把她晾到一边，然后转身挤进人群，朝沈士生走去。

我一把抓住了沈士生，把他从人群中拽了出来，一直拽到了酒吧外。

我撒开手，问道："沈士生，你实话告诉我，你为什么来这儿打工，是遇到什么事儿了吗？"

沈士生冷笑了下："遇事儿？嗬，怎么会？这里赚得多罢了。"

"你很缺钱吗？"我问。

沈士生看了我一眼，然后说："不缺钱就不能来这儿了吗？"说罢，才把勾起的一边嘴角抹平。

我愣住了，我从来没有见过沈士生用这样的语气和我说话。

"沈士生，你这是怎么了？"我问。

"没怎么，不聊了，我还要工作，麻烦你别妨碍我工作。"说罢，沈士生又转身往回走。

我连忙上前一步又一把抓住了沈士生的胳膊："你今天最好给我说清楚！"

沈士生随即冰冷地回头看我，说："松开，快点儿。"

我吓了一跳，只觉得沈士生说的这几个字简直比现在户外的空气还要冷，而我抓住沈士生的手一下子僵住了。

下一秒，沈士生见我并没有撒手的意思，于是他用力扯了下胳膊，便把他的胳膊从我手中挣脱了出去，而我再去看沈士生的眼睛，发现他的眼神里竟多了些恶狠狠和警告。

他盯着我看了好几秒，才稍稍把眼里的那层意味收回，然后什么也没说，转回去继续往里走。

我大概也一时不服，打破砂锅问到底的坚决涌上心头，我上前又一把抓住了沈士生。

沈士生没有动，片刻后，我听到他沉沉地呼出了一口气，然后说道：“盛柏孝，我只说最后一次，你最好赶紧给我撒开手。”

他的声音很平静，就像暴风雨前的宁静，让我略微有一点点恐惧，但以我对沈士生的了解，他绝不会做出什么冲动的事，比如转过来揍我一顿。我俩要真打起来，还真说不上来谁强谁弱。

我没有撒手，我清晰地感受到沈士生的胳膊在微微有力地颤抖着，果然下一秒他转身急速地朝我挥拳过来。

尽管我已经预测出了沈士生拳头的走向，但我还是被他这一突然的拳头吓了一跳，躲闪不及，他砸中了我的脸。

我闷声叫了一声，脚下不稳，左摇右晃向后退了几步，然后重重地摔倒在地上。我捂住脸颊，吐出一口唾液，光线有点儿暗，我看不清唾液中是否夹杂有血液，只感觉整个左脸火辣辣地痛，我没想到沈士生给我玩真的，出手这么重。

“我说过了，让你撒手。”沈士生居高临下地看着我，语气和表情冰冷得像是警告恶人。

而我疼痛之余也注意到周围有几个人朝我看来，这让我霎时只觉丢尽脸面，怒火顿时燃了一身，我立马从冰冷的地上跳了起来，而下一秒我挥起拳头向沈士生砸去，作为还击。

沈士生似乎并没有要闪躲的意思，眼睛一眨不眨地看着我，迎接着我这一拳，我这拳终究落了下去，沈士生也被砸得一个趔趄，踉跄后才站稳了脚。

这时候余婧不知从哪儿冒了出来，站在我俩中间，面色深沉地看了看我，又看了看沈士生，她什么都没说。

沈士生活动了下被我砸中的左脸肌肉，然后平静地说：“这样就公平了，你可以走了吧。”说罢，他转身往里走去。

我愣愣地目送沈士生，一下子有些茫然，不知道刚才为什么会发生这一切，沈士生怎么脾气一下子变得这么古怪。

余婧转过来看我，递给我一张纸巾，我接过顺手抹了抹嘴角，借着灯光看了眼纸巾，没想到还真被打出血了。我咬了咬牙，幸好没给我打掉一颗牙齿，不然我怎么咀嚼饭菜。我强装镇定，但嘴角还是隐隐传来阵阵钻心的疼痛。

余婧说：“我劝你别管闲事，让他在这儿好好工作吧。”

我咬着牙，忍着疼痛问道：“你是不是早知道什么？”

余婧摇了摇头：“我什么也不知道，我只知道他需要这份工作。当然，我不否认这工作就是我介绍给他的。”

“你为什么要介绍给他这样的工作？”我问。

“这样？哪样？”余婧笑了笑。

我愣了一下，然后说：“如果你还知道什么，我希望你可以告诉我。”

“对不起，我什么也不知道，我也无可奉告。”余婧说罢，也转身走进了酒吧深处。

我站在原地不知所措，只觉得嘴角的伤口因说话而撕裂得越加疼痛。

回去的路上我越想越来气，总觉得刚才沈士生那拳用了十分力，而我只用了七八分，我想着下次等我们心情都不错的时候，我一定要约他好好打一架，我定要把这一拳缺少的力度和嘴角的伤痛一并从他身上讨回来。

印象中，我和沈士生在很久以前打过一次架，是为我的初恋。那时候是小学二年级，虽然我从未跟那个女生说过我喜欢她，她也从未表露过对我的一点点喜欢，但我依然倔强地把她认定为我的初恋对象，当然这是在我遇见许念之前多年的固执己见。

我清晰地记着那时候我们三个人坐在一排，偏偏不凑巧的是沈士生这个大灯泡就坐到了我和那个女生的中间，这一坐就坐了两个星期。而那个女生也不知趣地天天缠着沈士生，压根儿看不出来沈士生并不想搭理她。那天，我终于忍不住大义凛然地想要帮沈士生摆脱这女生的纠缠，却不知道沈士生为什么这时候完全不领情，反而与我争执，结果我们大打出手。我记着那时候我也努力地咳出一点儿带有血丝的唾沫来，我恐吓沈士生最好跟我换座位，不然我吐他一身的血。结果沈士生完全不理会我，我只得坐下来跟他心平气和地讲道理，但他还是无动于衷，最后老师为了防止我们再发生摩擦，便无情地为我调了座位，结果我离那女生就更远了。

第十四章

这段说长不长说短也不短的暗恋就此结束吧

我躺在床上在黑夜中睁着眼睛，辗转反侧久久无法入睡，不是因为嘴上的疼痛，而是我此刻想来想去都觉得沈士生一定有事瞒着，不想让我甚至更多人知道。

两天后，我按捺不住，又一次来到新世纪酒吧，我依然没有找到沈士生。

我逮住个从我身边经过的服务生："请问，沈士生今天怎么没有来？"

那人皱着眉头看我，道："怎么又来个找他的？"

我迟疑："还有人来找过他？"

“是啊，刚刚还有个女生问我沈士生在哪儿。”

我无暇顾及那女生是谁，继续问：“那沈士生人呢？”

那人看着我，然后说：“哦，他啊，昨晚好像喝了不少，也真够拼的，估计今天也来不了了，你找他有事吗？”

我震惊了下，连忙问：“喝了不少是什么意思？”

那人笑笑：“沈士生艳福不浅，昨天来了几个富二代，估计是看上他了，非要他陪酒，他起初拒绝了，不过对方开价很高，最后又妥协了。虽然喝个半死，但确实也赚了不少，还真让人羡慕，不过我可没那能耐，喝不了。”

我有些惊愕，继续问：“那沈士生现在在哪儿你知道吗？”

“这我就不知道了，不过刚才那女生有可能知道，应该还没走远吧。”那人说着转着脑袋在酒吧里张望着，“在那儿！”

他伸手指了过去，我朝他指的方向看去，我认了出来，是余婧，她刚好走出了酒吧。

我简单道谢，连忙追了出去，却刚好看到余婧跳进了一辆出租车里，出租车扬长而去。我又赶紧跑到自己的单车前，一想两轮的肯定追不上四轮的，干脆也随手拦下一辆车。

我急匆匆地跳上车，猛地把门带上，司机师傅吓了一跳，怔怔地看我。

我焦急地伸手指着前方说：“跟上前面那辆车！”

司机心领神会，发动车的同时感慨道："有意思！"

我看了他一眼。

"惹女朋友生气了？"司机笑着。

我又看了他一眼。

十几分钟后，余婧在一家医院前下了车，我当即吓了一跳，第一反应就是可能沈士生喝到住院了。我连忙付钱跳下车，紧跟上余婧。

我追随着余婧到了住院部，看着她进入了一间病房，待门关上后，我立刻跟了上去，小心翼翼地透过病房门上的玻璃朝里面望去。

果然我看到了沈士生，但他似乎并没什么事，坐在一把椅子上。而我又注意到正对沈士生的病床上躺着一个身穿病号服的女人，那人面色憔悴虚弱地闭着眼睛睡着。

那是沈士生的妈妈，之前我见过几次。

我顿时恍然大悟，原来沈士生这么急于打工赚钱是因为他的妈妈住院啊。这家伙还真是个够要面子的人，遇到这种事早该坦诚地告诉我。

我有些犹豫要不要唐突地进去，但又有点儿在意沈士生的看法，若是他并不想让我知道这件事，那岂不是到时候有点儿不好办？

这时候有护士从我身后走来，推了推我让我让路，我只得先闪开，站到一边。听到病房门关上后，我又忍不住靠近房门往里望去，我看到沈士生已经站了起来，此刻他满目焦急地盯着他妈妈，我不知道他妈妈得了什么病，但看上去可能挺严重的，不然沈士生也不会去酒吧工作，还拼命喝酒。

就在我谨慎观望的时候，余婧忽然转了转头，恰好目光撞上了我。

我连忙闪躲开，下意识地抬起腿就赶紧走，但刚走到楼梯口，我就被叫住了。

“盛柏孝——”

闻声我停了下来，是余婧的声音，她还是跟了出来，我深吸一口气，转过身去。

余婧看着我，面无表情，我有些不知所措，只得呆站着。

对视几秒后，余婧把我叫到了一边。

“你怎么来了？”余婧看着我。

我坦诚：“我刚才去了酒吧，没找到沈士生，恰好看到你了，就跟了过来。”

“你跟踪我？”

我皱起眉，“跟踪”这两个字让我觉得不是很舒服。

“你都看到了？”余婧又问我。

我点了点头，我知道余婧问我的是什么，我只问道：“沈士生妈妈怎样了？”

余婧说：“没事儿。”

我点头，然后沉默。其实我很惊讶余婧竟然会在这时候出现在沈士生身边，她一定已经帮了沈士生不少忙，而我作为沈士生从小玩到大的朋友，却才刚刚知道情况。

“他并不想让更多人知道他妈妈的事，所以，你也假装不知道最好。”

我不理解，问道：“那你怎么知道？”

余婧没有回答我。

片刻后，我说：“谢谢你帮沈士生。”

“谢谢？我可没怎么帮他。”余婧看着我，“你赶紧走吧，要是被沈士生发现了，他可不会高兴的。”

我很难理解她说的不高兴到底是为什么，涩着嗓子问：“我能帮点儿什么忙吗？”

“不用，他是为了阿姨的医药费才去酒吧打工的，你不去影响他就好。”

我被这句话噎得哑口无言，只得听从余婧的建议先离开了。

我和沈士生尽管再怎么胡乱开玩笑，也从来不会开到他的家庭上去。我一直知道沈士生是单亲家庭，他妈妈含辛茹苦供他上学，很不容易，所以沈士生自小就很懂事，从小就知道该干什么不该干什么，把他的人生也规划得井井有条，说真的，在很多方面我还是很佩服沈士生的。

那天我翻箱倒柜地把自己所有的压岁钱和零花钱全凑到了一起，不算多，但也可稍缓沈士生燃眉之急。

我揣着钱到了酒吧门口的时候，看到沈士生的单车，他在。

驻足在酒吧外半晌，我提前构思好待会儿要说的台词，好让沈士生能够自然坦然地接受我的心意，而不会有其他不适感。

酒吧混浊的空气中充斥着烟酒的味道，音乐声也震耳欲聋，闪耀的灯光下，舞池里的男男女女疯狂地扭动腰肢，装扮艳丽的女子嘻嘻哈哈地混在里面玩，妖娆的外表、轻佻的语言，给人一种肾上腺素飙升的冲动感。

我揣紧了兜里的钱，在人群中张望，不知道这里是不是个交易的好地点。

几分钟后，我终于看到了沈士生，他在舞池的另一端，中间隔着人山人海。我想叫他，但吵闹的环境迫使我不得不闭上嘴，我看到他好像朝这边看了过来，我立刻挥手，但同时我眼前的舞池中也竖起无数胳膊在空中摇晃，群魔乱舞似的。

我只得放下手，穿过人群，往舞池另一端去，但好不容易挤了过去，却又不见沈士生人了，很是无奈。我继续站在原地张望着，却不小心注意到我身后有七八双冰冷的眼睛正虎视眈眈地盯着我，我只感到脊背迅速漫上一阵凉意来。

好像我挡着他们了，我赶紧从那个位置挪开，又回头偷瞄了眼那几个人，一个个凶神恶煞的，看上去就不是好人。

沿着舞台边缘走，没几步就看到了沈士生，他迎面朝我而来，右手端着个酒盘，上面有两瓶我叫不上名字的酒，他的样子俨然一个合格的酒吧服务生。

距离拉近后，沈士生看到了我，我赶紧走过去，与他面对面。

我故作轻松地说道：“喏，找你可真不容易啊。”

不过，沈士生却面无表情，他说：“找我有事吗？”

“有啊。”我说着从兜里把包在信封里的钱掏了出来，递到沈士生的面前，“我知道你急需用钱，我这儿有点儿钱，你先拿着用吧。”

沈士生的视线转移到我手中的信封上，我怔了怔，我没有从他的眼睛里看到感动，反而看到了丝丝怒气。

片刻后，他才开了口：“不用了，谢谢。”

说罢，他挪开视线，要从我身旁走过。

我上前一步挡住了他的去路，叫道：“沈士生，你这个时候还逞什么能！”

沈士生看向我，眼神奇怪，嘴角微微颤抖着，脸上的肌肉也在明明灭灭闪烁的灯光下慢慢绷紧。

“我知道阿姨住院需要用钱，可是这种事情你早该告诉我。你为什么要瞒着啊？”我也稍稍起了点儿情绪。

几秒后，沈士生脸上绷紧的肌肉松弛下来，他语气平和：“我不想让太多人知道。”

我一时无话，只把手上的信封又伸到了沈士生眼前。

他还是没有接，我佯装愠怒地想塞到他怀里，一抬头却注意到他的眼眶竟然微微红润，似有泪水在打转。

这时一个粗犷的声音传了过来：“喂，小子，你磨磨叽叽……干什么呢？拿个酒怎么……这么慢啊？”

我和沈士生闻声同时望了过去，只见刚才那几个凶神恶煞的人中有个满脸横肉的人醉醺醺地站了起来，接着摇摇晃晃朝我们走了过来。

我愣了愣感觉来者不善，紧张地扯了扯沈士生小声道：“情况不妙啊，赶紧撤吧。”

但沈士生似乎无动于衷，面无表情地稳稳端着那些酒迎面走了过去。

我没拦得住。

我愣愣地站在原地，只在闪烁的灯光下，若隐若现地看到那人双眼迷离，一脸的嗔怒。就在沈士生微微低着头从那人身边经过的时候，那人却猛地伸出一只胳膊挡住了沈士生的去路。

沈士生鞠躬道歉：“对不起，耽误您的时间了，我这就给您送过去。”

那人冷冷地咧嘴一笑，然后抬眼看向沈士生，含含糊糊地说道：“小子，你知道……我时间有多宝贵吗？”

沈士生再次道歉：“对不起，都是我的错。”

那人放下了胳膊，沉闷地哼了一声：“对不起？如果对不起有用，那……那要警察干什么？”说罢，他奇怪地笑出了声。

沈士生怔了怔，抬眼看向那人，只见那人嘴角挂着笑，同时垂了垂眼，盯上了沈士生酒盘上的两瓶酒。

下一秒，那人忽然一抬手抓起一瓶酒来，直接往沈士生脑袋上侧挥了过去。

我惊得大叫：“小心！”

沈士生在千钧一发时连忙一闪，那人挥了个空，手上的酒瓶没有抓住，直接飞了出去，刚好飞到了他那几个同伙的酒桌上，在他们面前炸开了花。而他用力过度重心不稳直接把自己也甩倒在了沈士生面前，沈士生手上的另一瓶酒也被他拉拽着落到了地上炸开了，溅起的酒水夹杂着玻璃碴儿“砰”一下飞散出去。

“啊——我的眼睛——我的眼睛——”

那人捂着眼睛在地上打滚，撕心裂肺地叫喊着，好像玻璃碴儿飞进了他的眼睛。

顿时这一区域一片慌乱，那人的同伙忙起身朝沈士生扑了过来，有两人已经抓住了沈士生，我惊愕万分，赶紧上去帮沈士生摆脱那俩人，我们慌乱地纠缠在一起。

有个人死死地抓紧沈士生的胳膊不放，沈士生难以摆脱，我当即直接一脚踢向了那人的要害部位，只听到那人惨叫一声直接蜷缩在了地上，沈士生得以解脱。

对方人多，我们只得先撤，沈士生用力推了我一把，大叫一声：“跑啊——”

于是我们一前一后仓皇地挤开人群往外逃跑，可当我奋力跑出酒吧时，我一回头，身后却不见沈士生的身影，他还没有跑出来，我心惊胆战地逆着人流又挤了进去，而接下来的画面把我吓傻了——

我远远地看到躺在地上的沈士生被那几个人围攻，他捂着脑袋蜷缩在他们脚下，而他们还在不停地一脚一脚卖力地踹在沈士生的身上和头上。

其中一人停了下来，也阻止了那些人，他意识到再这么踢下去，非出人命不可，于是那些人也都纷纷停了下来，带着那两个受伤的人走出了灯光闪烁的酒吧。

我扑倒在沈士生的身旁，紧紧握住他的手，他满脸血迹，惨不忍睹。

“沈士生，你挺住，你挺住，不会有事的，不会有事的……”我惊慌失措，“都是我的错，我不该来，一定不会有事的，一定不会有事的……”

身旁围了不少人，有人已经帮忙报警，有人帮忙叫了救护车。

我全身颤抖着，说话也变得哆哆嗦嗦：“坚持住，救护车很快就来，很快就来……怎么还不来，怎么还不来……”

我怔怔地看着沈士生，他奄奄一息满脸血迹的样子让我害怕，我感受到他也在用力地握我的手，他张了张嘴，似乎想说什么，我立刻把耳朵凑了过去。

“别……别让我……我妈……知道……”说完，沈士生就面露痛苦地紧紧闭上了眼睛，再也说不出什么话了。

我急得哭了出来。

“沈士生，不会有事的，你挺住，你挺住……”我紧紧攥住他的手。

抢救室门口，灯一直亮着。

我的双腿已经软到没有一点儿能站起来的力气，全身抑制不住地颤抖着。我只希望沈士生可以顺利渡过这一劫，我双手十指交叉紧紧地握着，尽量使自己不紧张，我相信沈士生一定不会有事的，今天过后，我依然可以听到他无趣的声音，看到他无趣的表情，依然可以和他一起骑车放学回家。

余婧很快也赶了过来，她惊恐地看了看抢救室紧闭着的大门，又转头看了看我，她什么都没有说也什么都没有问，只焦急地握着拳头在原地来回走着。

紧接着又赶来了个中年男子，我从未见过那人，但我猜了出来他是谁，沈士生长得和他有几分相像。

中年男子急切地问我："他怎么样了？"

我盯着他同样惊恐的眼睛，泪水止不住地落下，我说："我不知道，我也不知道。"

漫长的令人窒息的一个多小时后，医院抢救室的门打开了，我条件反射地站起身朝门口跑去，穿着白大褂的医生从抢救室先走了出来，他摘下口罩，看着我们，然后面露遗憾地轻轻摇了摇头。

我一下子怔住了，霎时感觉世界末日仿佛真的在这一刻提前到来。

我的身子僵硬着，双耳除了余婧细弱的哭泣声似乎什么都听不见了……

沈士生从头到脚蒙着白布从抢救室被推了出来，我一时间大脑一片空白，僵在原地怎么也动不了，只听到余婧的哭声越来越大。

我目送着躺在白布下的沈士生被推走，他逐渐远离我而去，就在病床出了我的视线的那一瞬，我再也控制不住压抑的情绪，瘫倒在地上，悲怆欲绝。

那学期开学后很久我才重返学校，沈士生去世的消息并没传开，更多的说法是他去了其他城市上学，轰动一时。但也犹如何夏秋那样只是校园生活中的一个插曲，掀起的波澜很快又归于平静，恢复到往常。

而我却堕入自责的深渊中无法自拔，虽每日按时上学放学，但课上老师讲了什么我似乎一点儿都听不进去。我一个人坐在后排常常注视着沈士生空落落的桌子发呆，我想他再也回不来了吧。

我变得沉默不语，就像之前的沈士生那样，和任何人都几乎不说话。就算是许念偶尔找我，我也会尽量有意避开，甚至当她问起我沈士生去了哪个城市，我也会含糊地糊弄过去，然后保持沉默。

我也时常看到她情绪和表情上的低落，或许是因为再也见不到沈士生了吧。

那时候我在学校偶尔也会远远地看到余婧，她很少露出笑容，很多时候都是低看头一个人快步走在路上，与那些我和沈士生都不怎么喜欢的人渐渐保持了距离。

高二下学期期中考试许念考了年级第一名，但我从她脸上也未看到之前她成绩接近沈士生的喜悦。

我和许念是两个极端，我考得很差，落到了最后面，但我觉得成绩和名次对我来说已经毫无意义，根本不会左右到我的情绪和心情。

妈妈再也不逢人就夸她儿子逆袭了崛起了要上清华了，我桌上每晚的咖啡也消失了。

我的视线偶尔也会落在许念的马尾上，只是如今再看已经没有了从前的感觉。

其实我一直都知道许念喜欢的是沈士生，沈士生或许也喜欢着许念，但我从来固执地不想承认。或许从那次我在公交车上看着许念在雪中冲我挥手说再见的那　刻，我就已经选择了分离，有些人的关系终究只能止步于朋友，若是再近反而会是错误。

这个世界从来不会因为谁的离开而变得暗淡，我相信许念很快也会淡忘沈士生，将来她也会遇到如沈士生一样甚至更好的人，她也会有更好的未来。

那段说长不长说短也不短的暗恋，就此结束吧。

我始终还是没有勇气说出口的喜欢，让它也永远地成为秘密吧。

那封我花了好几个晚上才完成的情书，也让它永久地埋藏在只有我知道的地方吧。

相识十几年的过往如波涛般不断汹涌地翻滚在我的脑海里，但它终究在激起一阵浪花后，变得毫无波澜。

沈士生，初三毕业那年暑假，你列举了一堆科学道理告诉我说世界末日不会在2012年到来，但你错了。当年或许那算卦的老头子真有点儿本领，那时候我不该叫走你，该听听他到底会说些什么，也许我们会因为他一句话而改变了某个决定，也许那个决定进而会让我们幸运地躲开这一劫也不一定……

我开始学会抽烟，一支接着一支；开始喝酒，喝得头昏目眩灌得烂醉如泥。但似乎也并无作用，麻痹过后的心依然沉重和糟糕。

就算再怎么把自己当成行尸走肉，再怎么用力地糟蹋自己，也依然逃不过夜深人静时想起你血流满面躺在地上的样子……我翻不过去那一页。

苏菲亚单独找我谈过，她开导我，想帮我走出颓废恍惚的状态，我只一言不发地站着，愣愣地让她说，她说完了，我木木地点点头就返回到了教室里。

我回到家里坐在餐桌前，我父母也会小心翼翼地边给我夹菜边开导我，生怕某些不合适的字眼伤害到我。我告诉他们说我没事，让他们不要担心，然后我简单快速地吃几口饭后，就回到了卧室里，把门反锁起来，不希望有任何人来打搅我。

我或坐在书桌前开着明晃晃的台灯发呆，或点燃一支烟弄得满屋子烟气缭绕，或躺在床上闭着眼睛尽早酝酿睡意，我一遍一遍克制不住地回想起记忆中的沈士生的一切，直到某一天我耳边似乎响起了沈士生的声音，连他也劝我，说这不是我的错，说他不怪我。

那天放学，我骑在单车上停在校外点燃一支烟，我没有尽早离开，远远地望着在公交车站等车的许念。我看到之前骚扰许念的那个男生也出现在站牌处，几分钟后，在确保许念安全上了车后，我才准备要走。

但一转头却又看到了余婧，她就站在我的面前，她看了看我手上抽了一半的烟，然后轻松地告诉我说其实那年冬天她是第一次尝试抽烟，结果没想到还被我给看到了。不过她也就只抽了那几口，后来再也没有抽过了。

我什么都没说，随手丢掉了那半截烟，踩动车子准备要走，余婧叫住了我。

她告诉我说其实那时候沈士生的妈妈已经病危了，每天需要高额的医药费才能维持生命，沈士生并不想让更多人知道他妈妈的遭遇，所以他也没有告诉我，那天沈士生出事后没多久他妈妈也在睡梦中离开了。

余婧说那段时间她也很自责介绍沈士生到酒吧去工作，但现在再自责再后悔已经无济于事了。她也劝导我想开点儿，不要一直活在自责悲痛中，搞得像是世界末日降临般，沈士生肯定也不希望看到我变成现在这般浑浑噩噩的样子。她说沈士生告诉过她，他很羡慕我，有完整和谐的家庭，可以快快乐乐无忧无虑地生活，他还说希望将来我能和他考进同一所大学，做一辈子的好朋友。

我不知道余婧和沈士生后来是怎样走近的，但她那一番话让我怔了很久，或许是因为她的一番话，我一下子明朗了不少。我想倘若换作是我，我也不希望看到沈士生一蹶不振，一直自我封闭下去。

我迎着风往回家的路上骑着，那风逐渐吹散粘附在我身上的阴霾，我想沈士生说的是对的，2012 年世界末日是根本不会到来的。

我想起沈士生一直以来的理想，他想考入的那个学校和那个专业，那么既然他已经无法继续他的理想，那就由我这个如影随形的人来代替他完成吧。

年少时遇到的伙伴，就像是住在彩虹行星上的人，每个人都有属于自己的颜色，那颗行星如彩虹般五光十色。

然后，随着我们长大，渐渐变成几种单调色。

可是谁也不会忘记曾在那颗行星上收获的情谊，等到身上的光彩褪去，那些记忆还如当年一样闪烁辉煌。

番外一

何夏秋是我的初中同学，也是我的高中同学，她长得漂亮，性格也好，如果和她认识，我想谁都有可能喜欢上她。

我叫江晨，坐在何夏秋的后桌，我时常一只手撑着脑袋倚靠在窗台，视线游离在窗外发呆，或者像盛柏孝盯着许念的马尾那样盯着何夏秋披肩的长发看。

我记着初中时候何夏秋说：“我大概是这世上最好的女生了，不抽烟，不喝酒，也不文身、说脏话，长得还好看，谁要是有我这样的女朋友，那他家一定是烧了不少高香。”

有人嬉笑。

何夏秋色变：“卧槽，这有什么可笑的？”

那是我第一次听她说脏话。

何夏秋喜欢上了高二年级的杨熠，这样的喜欢大概从她第 眼看到球场上的杨熠就已经开始在心中萌生了。直到那次篮球赛后，杨熠在路上英勇地出手相救，她就彻底对杨熠无法自拔了。

那天，何夏秋语气中肯坚定地宣布：“我决定，我要追杨熠。”

我游离在窗外的眼睛收回来，落在了她的脸上。那一刻，我想起了她曾经说过她不会轻易喜欢上一个人，那时她的语气一样的中肯坚定。

我多希望她只是开玩笑，随便说说，但两天后，他们真在一起了。

而从那天起，我就很少与何夏秋一起放学了。我每大会看到杨熠放学后出现在我们班门口，我也都是在看到她满目幸福地与杨熠离开后再走。

我没有表现出羡慕、嫉妒，依旧事不关己的样子倚靠在窗台上，偶尔看看窗外，偶尔看看她，到后来她也成了我的同桌。之后文理分科，我选择了文科，我幸运地和她又分在了一个班。

只是后来她不辞而别，就再也没有回来过。

我时常在脑海里翻滚起关于何夏秋的很多记忆，那些记忆中，我没有见过她悲伤，没有见过她愤怒，很多时候见到的都是她灿烂的笑容。

我说她是乐观的，即便我第一次听到她告诉别人说她爸妈早都去世了的时候，我都未在她的脸上看到一点儿忧伤。

再见到何夏秋已经是很多年以后，那天在酒馆里她涂脂抹粉，脚踩黑色高跟鞋，时尚靓丽的打扮吸引了不少人的眼光，同样也吸引了我。

我认出了她。

我直接坐到她身旁的空座位上，她扭过头来看我，几秒后才恍然大悟似的认出了我。

何夏秋递给我一支烟，我摇手说不会，于是她自己点燃了那支，吸了一口后捏在指间，她又拿起一只酒杯，倒满酒后推给我，说："这个该会吧？"

我点点头，接着与她碰杯，一饮而尽。

我问她："你什么时候学会这些的？"

她说："抽烟喝酒吗？早都会了。"

她还刻意扯开衣领让我看她脖颈处那朵黑色玫瑰的文身，说文了好几处，腰间脚踝都有。

她在我身旁又点燃一支烟，烟雾缭绕后，她的情绪低落，有几分颓废。

她说：“那个孩子我终究没有勇气生下来，打掉了，也花光了身上所有钱。”

我问她：“杨熠呢？”

她说：“走了，那天出院后就走了。”

何夏秋说杨熠也幻想过和她离开小镇，去往更远的城市，但最终杨熠还是在理想和现实中选择了现实，他说父母在不远行。临走时杨熠也劝她早点儿回家，不要再折腾了。

她没有挽留，只轻轻点了下头，那天起他们就真的分开了。

她说她并没有回去过，这么多年，一次也没有。

我忽然鼻子一酸，心里隐隐作痛。

她却笑着，像这一切都发生在其他人身上似的。

我很想问她这些年一个人都是怎么过来的，但又怕听到她的经历，最终还是没有开口。

何夏秋大概也不想提起自己的这几年，所以岔开话题，问我这几年的情况。

我们聊了很多，夜色渐深，何夏秋推门走出酒馆的时候，她没有说再见，我不知道她会往哪个方向走，不知道她今晚会在哪儿入睡，也不知道她的未来会怎样，但我只能祝福她，希望她天天有好梦，未来也越来越好。

番外二

高中毕业后，许念考进了不错的大学，我也成功考进了我和沈士生共同的理想大学，我们自此各自天南地北，我也未再见到许念。

大学期间，我随波逐流尝试谈过两次短暂的恋爱，但都无疾而终。那两段感情似乎也未对我和我的生活带来任何影响，如同过眼云烟般终究只是我生命中的插曲。

也许过了学生时代，便再也不会有当初的那种心动，我也没再像喜欢许念那样喜欢过别人。

我甚至有时候还是会不自觉地想起许念，也许她已经遇到了一个如同沈士生一样优秀的男生，也许她正在经营着一段不错的感情，也许她曾经早已看穿了我喜欢她的心思，就像她偷偷地喜欢着沈士生那样，我们互不拆穿。

我也想过如果某天再见到许念，我会是什么样的感觉，会不会还如当初那样，她的头发依然散发着淡淡的清香味道，她的一举一动都会拨动我心弦，让我再陷入痴痴的暗恋中。

毕业工作后的几年里，我一个人生活在异乡，朝九晚五地工作，没有太多朋友，更没有另一半。我也常常如同所有适婚青年那样遭到父母在电话另一端焦急地催婚，但我总有很多理由把他们的期望一缓再缓，然后游刃有余地转移话题，但是绕来绕去，最后还是绕到了结婚这个话题上。

我敷衍过去，挂掉电话，一个人或走在路上，或躺在床上，从未把结婚这种事放在心上，事实上我好像与许念分别后，就再也没要和谁结婚的想法。

很多东西都能失而复得，唯有青春，对于任何人来说都是唯一的，不知道是从哪一刻起，我们就悄悄长大了。

那天，我西装革履出席了何夏秋的婚礼，不过我迟到了，我急匆匆地随意在宴席后排一张还未坐满人的桌前坐下，刚好见证了张尧为何夏秋戴上婚戒，然后亲吻她，台下响起连绵不绝的掌声。

我看到何夏秋脸上洋溢着无比幸福的笑容，我真替她感到高兴，愿她今后的生活更加美满幸福。

没想到有人比我还要晚到，那人在掌声中急匆匆地跑进来，在我前面的空座位上落座，坐下的一瞬间，她披肩长发上的清新味道迎面飘来，格外好闻，格外熟悉。

我怔了一下，心突然就跳乱了节拍，那个背影居然也格外熟悉……

图书在版编目（CIP）数据

彩虹行星 / 桥回著. — 杭州：浙江工商大学出版社, 2018.8
ISBN 978-7-5178-2810-5

Ⅰ. ①彩… Ⅱ. ①桥… Ⅲ. ①长篇小说－中国－当代Ⅳ. ①I247.5

中国版本图书馆CIP数据核字(2018)第150616号

彩虹行星

桥回 / 著

策划编辑：郑　建
责任编辑：唐慧慧　谭娟娟
特约编辑：笙　歌
封面设计：刘　艳
内页设计：孙欣瑞
责任印制：包建辉
出版发行：浙江工商大学出版社
（杭州市教工路198号　邮政编码310012）
（E-mail：zjgsupress@163.com）
（网址：http://www.zjgsupress.com）
电话：0571-88904980，88831806（传真）
排　　版：长沙大鱼文化传媒有限公司
印　　刷：长沙鸿发印务实业有限公司（长沙黄花工业园三号 邮编410137）
开　　本：880mm×1230mm　1/32
印　　张：9.125
字　　数：168千
版 印 次：2018年8月第1版　2018年8月第1次印刷
书　　号：ISBN 978-7-5178-2810-5
定　　价：35.80元